De StrandTent
Aflevering 3:

Over de bovenlip van Marscha, een vals rastameisje,
een slimme hond en nog veel meer harige dingen

D1396273

Van Mirjam Mous zijn ook verschenen:
Nat
Doorgeschoten
Fluisterwater
Alle Dagen Hartstikke Druk
Lange vingers
Prinses voor eventjes dan
Pietje Prinses – De spiegeltje-spiegeltje verkiezing
Pietje Prinses – Kaboutertjes bestaan wèl!
Pietje Prinses – De schat van duizend-en-één nacht
Moordmeiden
Vigo Vampier – Een bloedlink partijtje
Vigo Vampier – Een bloeddorstige meester
Vigo Vampier – De bloedneusbende
Vigo Vampier – Het bos van Bloedbaard

Mirjam Mous

De StrandTent

Aflevering 3:

Over de bovenlip van Marscha, een vals rastameisje,
een slimme hond en nog veel meer harige dingen

Met tekeningen van Stefanie Kampman

Van Holkema & Warendorf

NEDERLANDSE
KINDERJURY
2007

ISBN 90 269 1749 x
NUR 283
© 2006 Uitgeverij Van Holkema & Warendorf,
Unieboek BV, Postbus 97, 3990 DB Houten

www.unieboek.nl
www.mirjammous.nl

Tekst: Mirjam Mous
Illustraties: Stefanie Kampman
Omslagontwerp: Ontwerpstudio Bosgra BNO
Zetwerk binnenwerk: ZetSpiegel, Best

Realitysoap

Marscha bestudeerde haar gezicht in de spiegel boven de wasta-fel en riep verschrikt: 'Jemig Fay, ik krijg een snor!'

'Als dat een snor is, heb ik gorillabenen.'

'Nee, echt. Kijk dan.' Ze kwam voor me staan en duwde met haar tong haar bovenlip naar voren, zodat ze zelf iets aapachtigs kreeg.

'Maak je niet druk, joh.' Ik keek naar de minuscule donshaar-tjes op haar bovenlip. 'Het zit hartstikke snor.'

'Haha.' Ze gaf me een stomp.

Ik wreef over mijn schouder. 'Oh wee, als ik een blauwe plek krijg.'

'Blauwe,' prevelde Marscha, alsof het een toverwoord was. Ze haalde een doosje oogschaduw uit haar tas en zei plechtig: 'Ves-tig de aandacht op je sterke punten door daar het accent op te leggen.' Dat had ze uit *Glow*, ons favoriete tijdschrift.

Toen verfde ze haar oogleden knalblauw. Tot aan haar wenkbrau-wen!

'Tadááá.' Ze knikte tevreden tegen haar spiegelbeeld. 'Nu let ie-dereen op mijn ogen in plaats van op mijn bovenlip.'

Ik zei maar niet dat ze eruitzag alsof ze gevochten had.

Karin kwam de wc-ruimte binnen. Haar bruine haren piekten vandaag in drie blije staartjes uit haar hoofd.

'Hebben jullie het al gehoord?' vroeg ze opgewonden. 'Marie-Fleur komt op tv.'

Marscha borg de oogschaduw weer op. 'Bij zo'n dom belspelle-tje, zeker?'

'Helemaal niet.' Karin keek keurend naar Marscha. 'Geinig kleurtje.' Daarna huppelde ze langs ons heen en dook een van de wc's in.

'Marie-Fleur gaat meedoen in een realitysoap,' riep ze vanachter de deur.

'Neeeee!' Marscha greep de wastafel vast. 'Welke dan?'

Als je letterlijk groen van jaloezie kon worden, was ze volgens mij ter plekke in een marsmannetje veranderd.

'*Peeping* nog wat.' Karin liet een straaltje klateren. 'Ze willen drie weken lang een groep jongeren volgen met de camera.'

Ik moest er niet aan denken. Het was al een ramp om mezelf op een foto te zien, en dan bewóóg ik nog niet eens.

'Waarom zíj nou weer?' vroeg Marscha kriegel. 'Het is toch al zo'n opschepster.'

'Haar vader sponsort het programma.' Karin spoelde de wc door en kwam weer naar buiten. 'Op voorwaarde dat Marie-Fleur mee mag doen.'

'De stinkerd.' Marscha kreunde. 'Waren mijn ouders ook maar miljonair.'

Karin waste haar handen en hield ze onder de blower. Ze moest schreeuwen om boven het lawaai uit te komen. 'De opnames beginnen binnenkort al. Ze hebben alleen nog een geschikte locatie nodig.'

Marscha streek peinzend door haar haren. Bovenop was het blond, de onderste helft had ze blauw laten verven. Ze wisselde om de zoveel tijd van lievelingskleur en zat nu in een blauwe periode.

'Denken jullie ook wat ik denk?' riep ze ineens uit.

Karin en ik keken haar niet-begrijpend aan.

'Zon, zee, hippe meiden, coole jongens!' Marscha kon niet meer stilstaan. 'De meest trendy locatie van het noordelijk halfrond.'

Er begon me iets te dagen.

'DST!' riep ze ongeduldig.

DST – de Strandtent, was van Marscha's oom. We hadden er allebei een bijbaantje.

Marscha pakte ons vast en sleurde ons mee naar de deur. 'Kom mee, Marie-Fleur zoeken!'

**Problemen met je lijf,
je lover of je ouders?
Vraag Manja om raad!**
(Ook anonieme brieven
worden beantwoord)

Lieve Manja,
Mijn vriendin M. denkt dat ze een snor heeft. Flauwekul, maar ze wil
hem toch afscheren. Volgens mij is dat helemaal verkeerd. Mijn
vader zegt dat zijn baardstoppels juist harder gaan groeien als hij
zich elke dag scheert. Als dat waar is, zit M. straks nog echt met een
snor. En ik met een klagende vriendin. Hoe kan ze het beter aanpak-
ken?
Groetjes van Snorrenvrouws

Beste Snorrenvrouws,
Ook vrouwen hebben haartjes op hun bovenlip. Als ze licht gekleurd
zijn, valt dat nauwelijks op. Ben je donkerharig en heb je toevallig
veel mannelijke hormonen, dan krijg je eerder last van overtollige
haargroei. Niet alleen op je bovenlip, maar ook op bijvoorbeeld je
borst en kin. Je kunt ze wel afscheren, maar dan komen er harde
stoppels voor terug. Bovendien moet je de scheerbeurt elke dag her-
halen. Verstandiger is het om naar een schoonheidsspecialiste te
gaan en je elektrisch te laten ontharen. Dit is echter niet pijnloos!
Heb je niet zo veel geld? Dan kun je ook een ontharingscrème
kopen, speciaal voor je gezicht. Of kant-en-klare waxstrips. Die druk
je op je huid en trek je er daarna weer af. Let op: het kan pijn doen
en het werkt niet bij stugge haren. Warm waxen is iets duurder en je
moet oppassen dat je je niet brandt. Je kunt de wax in een magne-
tron of in een pan met heet water verwarmen. Als je donkere haar-
tjes hebt, is bleken ook nog een uitkomst. Dan zie je ze nauwelijks
meer. Maar het zou natuurlijk het beste zijn als jij je vriendin ervan

weet te overtuigen dat ze zich druk maakt om niets. De meeste meis-
jes zijn veel te kritisch op hun eigen lichaam. Misschien dat het helpt
als M. van anderen hoort dat ze helemaal geen snor heeft.
Succes!
Manja

Plies!

We vonden Marie-Fleur in de kantine. Ze zat op een tafel bij het raam, met een stuk of zes meiden uit een lagere klas rond haar heen geklit.

'Ze heeft nu al fans,' zei ik.

Marscha stapte op hen af en wapperde met haar hand. 'Wegwezen, ukkies.'

Karin knikte. 'Wij hebben iets belangrijks te bespreken.'

De meiden dropen morrend af, terwijl Marie-Fleur hen teleurgesteld nakeek.

Marscha ging vlug op de slijmtoer. 'Tv-sterren hebben ook recht op privacy.'

Het gezicht van Marie-Fleur veranderde meteen. Ze glimlachte toeschietelijk. 'Dus jullie hebben het al gehoord?'

Marscha ging naast haar zitten. 'Ja, en nu hebben we een wereldidee.'

We? dacht ik.

'Als jij nou even regelt dat ze die realitysoap in DST opnemen.' Marscha sloeg haar arm om Marie-Fleur heen alsof ze ineens dikke vriendinnen waren. 'Stel je voor: jij, met jouw bééééldige figuurtje, in bikini op tv. Heel Nederland zal jaloers op je zijn.'

Wat een actrice! Het was dat ze 'bééééldige' zei, anders had ík het zelfs geloofd.

'Ik weet niet, hoor,' aarzelde Marie-Fleur. 'Mijn vader en ik hadden een andere locatie in gedachten. Een kasteel of een mooi landhuis…'

'Oom Rien zou het ook geweldig vinden,' viel Marscha haar in de rede.

9

Karin ging een stapje dichterbij staan. 'Plies, plies!'

'En we kunnen allemaal meedoen,' zei Marscha. 'Fay, Karin, Tim, Said en...'

Foutje!

'En jij zeker?' vroeg Marie-Fleur stijfjes.

Ik niet, dacht ik. Nog niet voor een miljoen.

'Ik had het kunnen weten,' zei Marie-Fleur.

Marscha deed alsof haar neus bloedde. 'Gezellig toch? De hele feestcommissie.'

Marie-Fleur fronste haar voorhoofd. 'Dat wel, maar...'

'Dus je doet het?' Karin wipte van haar ene op haar andere been. Marie-Fleur gleed onder Marscha's arm uit en sprong van de tafel. 'Vooruit dan, ik zal het er met Xavier over hebben.'

'Xavier?' vroeg Karin.

'De producer,' antwoordde Marie-Fleur belangrijk. Ze pakte haar tas en liep heupwiegend de kantine uit. Bij de klapdeuren draaide ze zich nog even om. 'Maar ik beloof niets, hoor!'

Ik hoopte dat Xavier een bloedhekel aan strandtenten had.

Marscha gaf me een por. 'Waarom zei jij eigenlijk niks?' vroeg ze pissig. 'Van jou neemt ze veel meer aan dan van mij.'

'Ik wil helemaal niet op tv komen,' zei ik.

Marscha en Karin gaapten me aan alsof ik in mijn blootje stond.

'Nou, ik wel.' Marscha zette haar handen in haar zij. 'En dat gaat me lukken ook.'

Karin knikte zo hard dat haar staartjes heen en weer zwiepten. 'Desnoods binden we Marie-Fleur op de pijnbank.'

FIFTEEN MINUTES OF FAME

Vroeger moest je iets presteren om beroemd te worden. Een meester-werk schrijven bijvoorbeeld, of de Nobelprijs winnen. Maar tegen-woordig komt zelfs je buurjongen met gemak op tv.
Heb je geen talent en wil je toch in the picture staan? Go with the Glow-tricks en binnenkort loop jij over de rode loper.

1. *Sla een popster of bekende voetballer aan de haak. Zijn sterren-dom zal ook op jou afstralen.*
2. *Of nog beter: ga (zoals Máxima) voor een prins op het witte paard. Zorg voor een bruiloft met veel pracht en praal en een sleep van minstens zes meter.*
3. *Geef je op voor Idols: doe een gekke, opvallende act en zing zo vals mogelijk. Vergeet niet om je moeder mee te nemen, dan kan ze een scène maken als je afgewezen wordt.*
4. *Ren in je blootje over het voetbalveld tijdens de WK. (Hoge kijk-cijfers!)*
5. *Verbeter het wereldrecord snelsms'en en word voorpaginanieuws. (Een 23-jarige studente uit Singapore wist in minder dan 44 se-conden 26 woorden in te toetsen.)*
6. *Meld je aan bij Big Brother en half Nederland is 'watching you'.*
7. *Laat een vliegtuigje rondcirkelen met een spandoek erachter, waarop levensgroot jouw foto is afgebeeld. Zet er een prikkelen-de tekst bij, en je naam natuurlijk.*
8. *Huur een hoogwerker, ga ermee bij Jan Smit in de achtertuin staan en zing hem van grote hoogte toe. (Niet vergeten: eerst Shownieuws bellen!)*
9. *Doe mee aan zoveel mogelijk tv-spelletjes en quizzen en pro-*

beer in tv-series zoals Baantjer (die pet past ons allemaal) een rolletje als figurant te scoren. Hoe vaker je op de beeldbuis komt,
hoe groter de kans dat je op den duur herkend wordt.

10. Verkleed je als een beroemdheid, laat je op de foto zetten en
stuur hem op naar Glow. De origineelste inzending komt op de
cover!

06-nummer

De volgende ochtend waren Marscha en ik al vroeg op school. Ze wilde Marie-Fleur nog vóór de eerste zoemer spreken, dus stonden we aan de rand van het plein op de uitkijk.

'Volgens mij is hij vannacht weer gegroeid.' Marscha voelde aan haar bovenlip. 'Straks starten de opnames en zit ik met een giga-snor.'

Ik werd een beetje moe van Marscha. 'Het is niet eens zeker dat het doorgaat.'

'Het móét doorgaan.' Ze leek op een pitbull die een sappige worst wordt voorgehouden. 'Dit is mijn kans om beroemd te worden.'

Waarom wilde iedereen zo graag beroemd zijn? Ik dacht aan de strandwandeling die ik gisteravond met Stanley had gemaakt. (Hij is seizoenkracht bij DST en we hebben nu drie weken, twee dagen en dertien uur verkering.) Stel je voor dat we bestormd waren door opdringerige fans en fotografen. Heel romantisch, maar niet heus.

Marscha rukte aan mijn mouw. 'Daar is ze.'

Marie-Fleur was helemaal in het nieuw gestoken. Ze droeg een zuurstokroze barbie-outfit met bijpassende hooggehakte schoenen. Ze wiebelde bij elke stap.

'En?' Marscha hijgde van opwinding. 'Heb je al met Xavier gesproken?'

Marie-Fleur genoot zichtbaar van haar macht. 'Nog niet.'

Marscha keek haar vernietigend aan. 'Waarom niet?'

'Gewoon, ik heb nog geen tijd gehad.' Marie-Fleur wiebelde verder, in de richting van de schooldeuren.

'Kakwijf,' zei Marscha met op elkaar geklemde kaken. 'Ze doet het erom.'

'Zet het nou maar uit je hoofd.' Ik pakte haar arm en knikte naar Tim, die met Said en Karin stond te praten. 'We gaan daarheen.'

Hopelijk deden Said en Tim nog normaal. Ik had in *Glow* gelezen dat jongens zich minder snel gek laten maken dan meiden. Dat vinden ze niet cool staan.

Maar Karin had Said al aangestoken. (Met haar enthousiasme, bedoel ik. Niet met een lucifer.) Hij verwelkomde Marscha en mij met een swingende rap: 'Beleef het mee in *Peeping DST*, binnenkort op teevee.' Hij droeg net zo'n petje als Ali B in zijn nieuwste videoclip.

'Het is een realitysoap,' zei ik. 'Geen musical.'

'Ik zing niet, ik rap.' Said sloeg zijn armen om Karin heen en gaf haar een kusje in haar nek. 'Dat is heel wat anders, hè schatje?'

Ik keek hoopvol naar Tim. 'Jij hoeft toch niet zo nodig op tv te komen?'

Hij wreef een beetje verlegen door zijn warrige haar. 'Ik niet. Maar het is wel geweldige reclame voor mijn piece.'

Tim had de Strandtent met twee muurschilderingen versierd. Hij wilde graffitikunstenaar of striptekenaar worden.

Marscha zuchtte. 'Konden we zelf maar met die Xavier praten. Als we op Marie-Fleur moeten wachten, zijn de rollen straks al vergeven.'

'Zal ik haar gijzelen tot ze zijn telefoonnummer geeft?' bood Karin aan.

Said grinnikte. 'Ik snap niet dat Marie-Fleur zo moeilijk doet. Soms is ze onuitstaanbaar.'

'Soms?' vroeg Marscha. Ze tikte met haar metallic blauw gelakte nagels tegen haar tanden. 'Als we nou eens...' Ze boog zich voorover en begon te fluisteren.

Vier paar ogen keken me smekend aan.

'Waarom moet ík het doen?' vroeg ik. 'Júllie willen op tv.'

Karin pakte mijn hand vast. 'Je weet best dat Marie-Fleur jou het meest vertrouwt van ons allemaal.'

Marscha rukte mijn andere arm zo ongeveer uit de kom. 'Plies, plies?'

'Ja, toe nou Fay, help nou mee,' rapte Said.

'Als ik later beroemd ben, kom ik je kamer spuiten,' beloofde Tim.

'Hemelsblauw,' adviseerde Marscha alvast.

Toen gingen ze alle vier op hun knieën voor me zitten! Iedereen op het plein staarde ons aan.

'Sta op,' siste ik met een knalrood hoofd. 'Ik ga al.'

Marie-Fleur stond bij de kluisjes.

'Mag ik je mobieltje even lenen?' vroeg ik. 'Marscha's beltegoed is op en ik moet dringend naar huis bellen.'

Marie-Fleur keek me bezorgd aan. 'Toch niets ernstigs?'

Ik voelde me acuut een misdadiger. 'Nee, hoor.'

Ze rommelde in haar tasje, haalde een hypermodern telefoontje tevoorschijn en klapte het open.

'Bedankt. Het is nogal privé, ik ga even...' Ik gebaarde naar het eind van de gang en liep zo nonchalant mogelijk van haar weg. Intussen drukte ik de menutoets in en zapte langs de namen in haar telefoonboekje.

Mijn eigen naam, *oma, Sanne, thuis, Van Montfoort* (zo heette hun butler). Mijn eigen naam... en dan: *Xavier*!

Het was een 06-nummer.

'Lukt het niet?' riep Marie-Fleur.

'Jawel, hoor.' Vlug zette ik de telefoon aan mijn oor. 'Met Fay.'

Ik begon te mompelen en te knikken alsof ik met iemand in gesprek was, terwijl ik over mijn schouder naar Marie-Fleur gluurde.

Pfff, ze was druk bezig om iets in haar kluisje te proppen.

Ik viste een pen uit mijn zak en schreef het nummer van Xavier bliksemsnel op de binnenkant van mijn pols.

'Ja mam, dag mam.' Pen terugstoppen.

Ik klapte het mobieltje dicht en bracht het terug naar Marie-Fleur.

'Er zit inkt aan je mouw,' zei ze.

Oeps!

'Dat is geen inkt, maar...' Ik trok vlug mijn mouw langer, zodat mijn hele hand erin verdween. 'Eh... bosbessenjam. Nog van het ontbijt.'

Het was maar goed dat ik niet aan een leugendetector vastzat. Het apparaat zou spontaan zijn ontploft.

Problemen met je lijf, je lover of je ouders? Vraag Manja om raad!
(Ook anonieme brieven worden beantwoord)

Lieve Manja,
Binnenkort wordt er misschien een realitysoap opgenomen in de strandtent waar ik werk. Mijn vrienden vinden het geweldig, maar ik zweet nu al peentjes. Als ik maar dénk dat iedereen op me let, ga ik blozen of stotteren. Kun je nagaan als er straks een camera op me gericht staat! Ik weet zeker dat ik van de zenuwen struikel, of een dienblad met glazen laat vallen. Dan sta ik voor heel Nederland voor paal. Het liefst zou ik helemaal niet meedoen, maar dan ben ik mijn baantje kwijt. Weet jij hoe ik van mijn plankenkoorts af kan komen?
Een wanhopige bijna-soapie

Lieve bijna-soapie,
Zelfs artiesten die avond aan avond op de bühne staan, zijn van tevoren soms zenuwachtig. Het zijn namelijk óók mensen, en iedereen is wel eens onzeker. Ja, zélfs die meiden die van zelfvertrouwen lijken te barsten. Denk daaraan als je knieën beginnen te knikken. (Gedeelde smart is halve smart.) Bovendien letten anderen vaak veel minder op je dan je denkt. (Je bent Jennifer Lopez niet.) De meeste mensen zijn vooral druk bezig met zichzelf (Hoe kom ik over? Ben ik wel leuk en spontaan genoeg?), dus waarom zou je je sappel maken? En probeer voortaan wat minder oordelend naar jezelf te kijken. Je legt je vriendinnen toch ook niet onder een vergrootglas? Trek voor de opnames je mooiste kleren aan en zorg ervoor dat je fit bent. Ga voor de spiegel staan en noem je sterke punten op. Herhaal die voor jezelf op het moment dat de twijfel toeslaat. Vergeet de camera en probeer gewoon te doen wat je altijd doet. Als je je steeds bewust

bent van een loerend oog, is de kans groot dat je je gekunsteld gaat gedragen. En mocht je toch struikelen? Lach er dan zelf het hardst om. Dat zullen de kijkers alleen maar waarderen.
Manja

Hij komt!

Marscha zette het 06-nummer van Xavier in het telefoonboekje van haar mobiel.

Ze wilde meteen gaan bellen, maar Tim hield haar tegen. 'Hij ligt vast nog te pitten. In de showbizz hoeven ze niet zo vroeg op als wij.'

Said humde instemmend. 'Nog een goede reden om rapper te worden.'

Om drie minuten voor elf stak Marscha haar vinger op.

'Mag ik even naar de wc?' vroeg ze aan Van Luyt, onze wiskundeleraar.

Toen hij knikte, verliet ze met een vette knipoog het lokaal.

Karin schoof meteen onrustig heen en weer op haar stoel en Said trommelde met zijn vingertoppen op tafel. Tim was de enige die niet zenuwachtig leek. Hij tekende een filmcamera in zijn wiskundeschrift.

Ik keek naar het bord, waar een som over kansberekening stond. Marscha kreeg bijna altijd haar zin. Dikke kans dat het haar nu ook weer zou lukken.

Jammer genoeg.

Tien minuten later kwam ze met stralende ogen terug in de klas.

'Je hebt je tijd wel genomen,' zei Van Luyt achterdochtig.

Marscha zond hem meteen haar speciale glimlachje toe. Het werkte niet alleen bij jongens, maar ook bij bejaarde leraren.

'Ga maar gauw zitten.' Van Luyt pakte een krijtje van de rand van het bord en schreef het huiswerk voor de volgende les op.

Marscha scheurde een blaadje uit haar agenda en begon ook als een razende te schrijven. *Yes! DST vanmiddag 16.00 uur.*

Toen ik het gelezen had, gaf ze het briefje door aan Tim. Hij las het en gooide het bij Karin op tafel, die het weer doorschoof naar Said.

Van Luyt draaide zich om en keek het lokaal in. Marscha, Tim, Karin en Said grijnsden als blije breedbekkikkers.

'Fijn dat er nog leerlingen zijn die zich op het huiswerk verheugen,' zei Van Luyt.

'Hij komt, hij komt!' zong Karin in de pauze. 'Die lieve, goede Xavier.'

'Hoe heb je hem overgehaald?' vroeg Tim.

'Gewoon,' antwoordde Marscha stoer.

Ik fronste mijn wenkbrauwen.

'Oké, oké,' bekende ze. 'Ik heb gezegd dat Marie-Fleur het graag wil.'

'Dan moeten we haar meevragen,' zei ik meteen.

'En dan ga jij aan haar uitleggen hoe we aan het nummer van Xavier zijn gekomen?' vroeg Karin.

Shit, daar had ik nog niet aan gedacht.

Said deed een dansje met zulke woeste bewegingen dat hij Marscha bijna een écht blauw oog sloeg. 'We kunnen haar altijd nog bellen en het achteraf pas vertellen.'

Dus gingen we na school zonder Marie-Fleur naar DST. We parkeerden onze fietsen op de boulevard en liepen de trap af naar het strand. Links lag nóg een strandtent: Zeezucht, de geduchte concurrent. Ik kon de mensen op het terras horen lachen.

Zeeklucht, dacht ik.

Wij sloegen rechts af. Karin sprong bij Said op zijn rug en gaf hem de sporen. Tim en Marscha liepen druk pratend achter hen aan. Ik had alleen oog voor het terras en probeerde Stanley te ontdekken.

Ja, hij kwam net met een dienblad naar buiten! Mijn hart maakte een sprongetje. Nou ja, zeg maar een driedubbele salto. Laat het alsjeblieft nooit meer uitgaan, wenste ik.

'Hoi,' zei Stanley.
Zijn scheve lachje bezorgde me nog altijd puddingknieën.
'Waar is oom Rien?' vroeg Marscha opgewonden. 'Ik moet hem iets belangrijks vertellen.'
'Binnen.' Stanley keek me vragend aan.
'Ze willen op tv.' Ik deed verslag over de realitysoap.
'Gaaf, man.' Said stak zijn borstkas vooruit. 'Straks krijgen we hordes gillende meiden achter ons aan.'
Karin ramde haar elleboog bijna dwars door zijn ribben heen.
'En dan zeg ik natuurlijk meteen dat ik al verkering heb,' zei Said snel.
Stanley blies het lange ponyhaar uit zijn ogen. 'Als ik met mijn puistenkop in beeld kom, begint iedereen meteen te zappen.'
'Heus niet,' flapte ik eruit. 'Jij hebt de mooiste pukkels van de hele wereld!'
Iedereen lachte alsof ik iets geks had gezegd.
Marscha stormde naar buiten. 'Superreclame voor de zaak, zegt oom Rien! Nu hoeven we alleen Xavier nog over te halen.'
Tim tuurde op zijn horloge. 'Hij zou er al moeten zijn.'
We keken naar de mensen op het terras. Eén man zat in zijn eentje koffie te drinken. Hij droeg een spijkerbroek en een wit overhemd met een colbertje.
'Misschien is hij het wel,' zei Marscha met een knikje.
Karin duwde Said al vooruit. 'Wij gaan het wel even vragen.'

Wat staat er deze week
in de sterren?
Je leest het in de
**GLOW-ING STARS
HOROSCOOP**

Schorpioen
24 oktober – 22 november
Je bent heel onzeker over iets,
terwijl dat helemaal niet nodig is! Je kunt wel eeuwig in je schulp
kruipen, maar dan mis je allerlei kansen, waar je later spijt van krijgt.
Het is tijd om je harnas af te werpen en je wat toeschietelijker op te
stellen. Je vrienden zullen je graag helpen. Laat het deze keer nou
maar eens gewoon gebeuren. Succes verzekerd!

De kietelmethode

Het was hem. (Xavier, bedoel ik.)

Marscha loodste hem meteen mee naar binnen en prees met haar speciale lachje de DST-stoelen aan. Ze waren gemaakt door de leerlingen uit onze klas. Niet eentje was er hetzelfde en elke stoel had een naam. De tropische verrassing in melkchocolade was mijn favoriet. Aan de rugleuning zat een palmboom vast. Wij zaten op het terras en bespioneerden Marscha door het raam.

'Ze lijkt net een verkoopster in een meubelshowroom,' zei Tim.

Een kwartiertje later schoven Xavier en Marscha weer bij ons aan tafel.

'En?' Karin keek zo dreigend, dat ik in Xaviers plaats geen 'nee' meer had durven zeggen.

Hij schraapte zijn keel. 'Oké, op voorwaarde dat de heer Van Banningen akkoord gaat.'

Ai! (Dat was de vader van Marie-Fleur.)

Oom Rien was de enige die er opgetogen uitzag.

'Is er iets?' vroeg Xavier.

'Nee hoor.' Karin zuchtte.

'Pilsje?' vroeg oom Rien aan Xavier.

'Ik haal het wel.' Marscha seinde met haar ogen naar de anderen: crisisberaad!

Tim knikte. 'Ik help je.'

'Dito.' Said stond op en pakte Karins hand vast. 'Ga je mee, schatje?'

Marscha klopte op de rugleuning van mijn stoel. 'Kom, Fay.'

Xavier staarde ons aan alsof we krankzinnig waren geworden. 'Ik hoef maar één glas, hoor. Niet een heel biervat.'

Stanley tapte een pilsje, terwijl wij aan en rond de bar hingen.
'Wat nu?' vroeg Tim. 'Als Marie-Fleur hoort dat we achter haar
rug om...'
Dan wordt ze woedend en gaat het mooi niet door! dacht ik
blij.
'F.C. Knudde, we kunnen het wel schudden,' rapte Said.
'Zeur niet zo.' Marscha rukte aan haar oorbel, een blauw mini-
potloodje. 'Bedenk liever een plan!'
Karin liet haar duim uit haar mond ploppen. 'We sluiten ze al-
lebei op in de voorraadkast,' zei ze genietend. 'Marie-Fleur én
haar vader. En dan mogen ze er pas weer uit als ze "ja" hebben
gezegd.'
Tim pulkte hoofdschuddend aan een verfklodder op zijn broek.
'Je hebt te veel B-films gezien.'
Stanley zette het pilsje op de bar. 'Waarom passen jullie de kie-
telmethode niet toe?'
'De wat?' vroeg ik.
'Je geeft haar net zolang complimentjes tot ze meewerkt.'
Marscha keek naar Stanley alsof ze hem wel kon zoenen, wat ze
gelukkig niet deed. In plaats daarvan pakte ze haar mobieltje en
toetste een sms-berichtje voor Marie-Fleur in. *Zoooo toevallig,
Xa4 in DST, komju?* Ze drukte op verzenden.

Zodra Marie-Fleur het terras opklom, kwam het welkomstco-
mité in actie.
'Xavier vindt het een superidee, een realitysoap in DST,' rapte
Said haar toe.
Marie-Fleur keek alsof ze iets smerigs rook.
'Zij heeft altijd van die goede ideeën,' zei Marscha tegen Xavier.
Marie-Fleur kneep haar ogen tot spleetjes.
'Zij heeft de locatie bedacht!' gilde Karin, zo hard, dat ze het
waarschijnlijk zelfs in Zeezucht konden horen.
Marie-Fleur deed haar mond open. 'Maar...'

'Je hebt er absoluut oog voor,' zei Xavier vriendelijk tegen haar. Haar mond ging weer dicht. Ik kon haar bijna hóren denken: meespelen of ontploffen?

'Het zou fijn zijn als je je vader ook weet te overtuigen.' Xavier zwom met zijn hand door zijn dunne haar.

'Vooruit dan.' Marie-Fleur greep naar haar tasje. 'Ik zal hem wel even bellen.'

'Neem de mijne maar.' Marscha schoof haar mobieltje over de tafel.

Marie-Fleur keek naar het blauwe frontje met de flonkerende strasssteentjes.

'Goh, ik dacht dat je beltegoed op was,' zei ze liefjes.

'Weer opgewaardeerd,' antwoordde Marscha.

De vader van Marie-Fleur vond het meteen goed. Waarschijnlijk zou hij haar zelfs een Rolls-Royce geven als ze erom vroeg. Said liet de titelrap horen, die hij thuis al bedacht had.

Marscha boog zich voorover en fluisterde in mijn oor. 'Ik begin meteen met lijnen. Ze zeggen altijd dat je kont op tv veel dikker lijkt.'

Ook dat nog!

'Het programma gaat *Peeping DST* heten,' vertelde Xavier. 'Jullie spelen allemaal jezelf, dus je hoeft geen teksten vanbuiten te leren.'

Marscha keek opgelucht. Studeren stond in de top drie van haar minst favoriete werkwoorden.

'Wordt het dan niet saai?' vroeg Marie-Fleur.

'Laat dat maar aan mij en Pierre over,' antwoordde Xavier op een geheimzinnig toontje.

'Pierre?' vroeg Tim.

'Onze camera- en montageman.' Xavier nam een slokje. 'We filmen maar met één camera en zonder statief om een lekker hip en rommelig realitysfeertje te creëren.'

Ik hoopte dat het beeld zo wazig zou zijn dat niemand me herkende.

'De opnamen zullen ná schooltijd en in het weekend plaatsvinden,' vervolgde Xavier. 'Langer mag niet, anders krijgen we problemen met de arbeidsinspectie.'

'Jammer.' Karin zuchtte. 'Ik had best drie weken vrij willen nemen.'

Xavier dronk zijn glas leeg en zette het op tafel. 'Zo, en dan wil ik nu jullie namen en adressen zodat we de contracten kunnen opmaken.'

'Ik hoef niet per se een rol, hoor,' piepte ik.

Maar ze hadden ineens allemaal poep in hun oren.

Problemen met je lijf, je lover of je ouders? Vraag Manja om raad!
(Ook anonieme brieven worden beantwoord)

Lieve Manja,
Ik ben de laatste tijd bloednerveus. Weet jij een manier om snel te ontspannen?
Groetjes van Zenuwpeesje

Lief Zenuwpeesje,
Een ontspanningsoefening werkt het beste: Ga op je rug liggen en sluit je ogen. Span je spieren rustig aan en laat de spanning weer wegvloeien. Begin met je voeten, concentreer je dan op je benen, daarna je buik/rug en borsten/schouders en ten slotte je nek en hoofd, tot je hele lijf ontspannen is. Vind je dit moeilijk, dan kan muziek als ondersteuning werken. Kies wel een toepasselijk genre. (Het is lastig ontspannen met heavy metal in je oren!) Of stel je een plaats voor waar jij je prettig en veilig voelt (dat je op een luchtbed in de zee dobbert bijvoorbeeld, terwijl er een zacht windje door je haren strijkt). Het branden van wierook of bepaalde oliën zorgt ook voor een relaxed sfeertje. En er zijn allerlei soorten thee met rustgevende kruiden te koop. Een strand- of boswandeling kan ook een kalmerende invloed hebben. En veel lachen! Dat is de beste remedie tegen stress.
Groetjes van Manja

Cut!

Onze ouders hadden toestemming gegeven en de contracten waren ondertekend. Op donderdag zou de filmcrew voor het eerst langskomen, om een promotiefilmpje te maken.

'We zenden het uit in de week voordat de serie begint,' had Xavier gezegd. 'Om de kijkers alvast lekker te maken.'

Een uur voor de opnamen stond heel DST op zijn kop.

Safira, die al jaren voor oom Rien werkte, had zelfs voor het eerst haar lippen gestift! In dezelfde kleur als haar hoofddoek. 'Ik ben nog nooit op tv geweest,' zei ze. 'Misschien heb ik talent en word ik ontdekt.'

Ik dacht aan een nog onontdekte primitieve stam ergens in Afrika. Had ik maar genoeg geld om een vliegticket te kopen!

Marscha kwam de keuken binnen met een pleister onder haar neus.

'Heb je je gesneden tijdens het scheren?' vroeg ik.

'Ik heb een veel betere ontharingsmethode bedacht,' zei ze bloedserieus. 'Leukoplast op je snor plakken, goed aandrukken en er weer afhalen. Dan trek je er in één keer al je haren uit.'

Ze gaf meteen een demonstratie. Er klonk een akelig scheurend geluid, alsof haar hele bovenlip meekwam. Misschien was dat ook echt zo, want ze gilde van de pijn en de tranen sprongen in haar ogen.

'Idioot.' Ik was boos en bang tegelijk en durfde amper te kijken.

'En?' Marscha betastte haar gezwollen lip. 'Zijn ze weg?'

'Gelukkig valt het mee,' zei ik opgelucht. 'Je vel is niet kapot, alleen maar rood.'

Ze holde naar de spiegel. 'Valt wel mee?' riep ze ontzet. 'Nou heb ik een rooie snor!'

'Maar wel eentje zonder haren,' probeerde ik haar te sussen.
Safira gaf Marscha een potje uierzalf. 'Hier, smeer dat er maar op, dat werkt verzachtend.'
'Ik moet een camouflagestift hebben,' mopperde Marscha. 'Waar is Marie-Fleur?'
Ze verdween door de deur met het patrijspoortje.

Karin beet al haar nagels af en Said en ik moesten elke vijf minuten naar de wc. Stanley had zijn enorme zwarte zonnebril opgezet (pukkelcamouflage) en stootte meteen een glas van de toch al schemerige bar. Tim knakte minstens tien bierviltjes doormidden en oom Rien hees zijn werkmansbroek telkens op. Toen arriveerde eindelijk de crew. Twee mannen in mouwloze hemdjes sjouwden een lading snoeren en lampen en een laptop naar binnen.
'Wauw, wat een spierballen.' Karin klakte met haar tong.
'Let op,' fluisterde Marscha. 'Die gaat straks vragen of ze even mag voelen.'
Said snoerde meteen zijn armen bezitterig rond Karins middel.
De derde en laatste man torste een toeter van een camera mee. Hij zette hem voorzichtig op de grond en keek ons met zijn varkensoogjes aan. 'Hoooi.' Hij zag eruit alsof hij regelrecht uit bed was gekomen.
'Bent u de cameraman?' vroeg Marie-Fleur ongelovig.
Hij sloeg met zijn handen op zijn dikke buik. 'Zeg maar Pierre, moppie.'
Op zijn knaloranje shirt stond een raadsel: *Het wil met jou zoenen en draagt een ster op zijn rug.* Hij draaide zich om en...
Inderdaad.
Achter hem bleek nóg een crewlid te staan. Een klein meisje met grote poppenogen.
'Wat een schatje,' fluisterde Said.
Karin ging – vast niet toevallig – op zijn tenen staan.

'Kimberley,' zei het meisje met een lijzige stem. 'Pierres persoonlijke assistente.'

Ik vroeg me af of zoenen ook bij haar taken hoorde.

Voorlopig maakte ze alleen wat aantekeningen op haar klembord. Ze schreef net zo langzaam als ze praatte.

'We beginnen zo meteen met wat losse opnamen voor het promotiefilmpje,' zei Pierre. 'Je mag zelf weten wat je doet, het gaat me vooral om jullie gezichten.'

Ik kreeg meteen het gevoel alsof er een cactus in mijn buik zat.

De Rambo-mannen hadden alle spullen opgesteld en waren weer vertrokken.

Pierre zette de camera op zijn schouder en knikte naar Marie-Fleur. 'Ga jij maar van start, mop.'

Ze ging in de door haar zelf gemaakte filmsterrenstoel zitten. Hij was van roze pluche en versierd met echte parels. Ze haalde een piepklein spiegeltje uit haar tasje, controleerde haar make-up en borg het spiegeltje weer op. Toen leunde ze in een bevallige pose over de leuning van haar stoel en glimlachte als een meisje in een tandpastareclame.

'En cut,' riep Pierre.

'Cut?' Marie-Fleur fronste haar geëpileerde wenkbrauwen. 'Maar ik was nog niet begonnen.'

'Het staat er prima op.' Pierre zapte met zijn ogen naar Karin. 'Nu jij, moppie.'

'Kut,' fluisterde Marie-Fleur. (En dit keer dus niet met een c.)

Karin rende door DST en speelde in haar eentje een complete film na, met veel bloed en gewonden. Een paar nieuwsgierige klanten kwamen kijken.

Dit was mijn kans! Ik pakte mijn blokje en ging vlug bestellingen opnemen. Intussen probeerde ik heel hard uit te stralen: verboden te storen!

'Goed gedaan.' Pierre wees Said aan. 'Oké, nu jij...'

'Als je me moppie durft te noemen, krijg je een dreun,' waarschuwde Said.

Pierre knipoogde naar Kimberley en grinnikte, maar hij hield toch zijn mond.

Said deed een rap met ingewikkelde danspassen. Ik liep naar de bar om de bestellingen aan Stanley door te geven. Inmiddels was Marscha aan de beurt. Ze kon heel goed typetjes nadoen en imiteerde Pierre: 'Hé moppie, nu jij mop.' Het leek sprekend, op één dingetje na: ze hield de hele tijd haar wijsvinger voor haar bovenlip.

Ik liep met een volgeladen dienblad weer terug naar de klanten.

'Waar zijn die opnamen voor?' vroeg een vrouw nieuwsgierig.

'*Peeping DST*. Een nieuwe realitysoap, die binnenkort op tv komt,' zei ik, terwijl ik haar een kop koffie gaf.

Haar mondhoeken wezen ineens krampachtig omhoog. Ze zwaaide naar iets wat naast me stond.

Ik draaide me om en toen zag ik het pas. Pierre hield de camera op mij gericht en het rode lampje brandde.

Shit!

Mijn hoofd begon ook als een rode lamp te branden. Ik deelde als een gek drankjes uit en durfde pas weer om te kijken toen Pierre 'cut' riep.

Pfff, de camera verhuisde naar Tim. Hij had een vel papier opgehangen en schetste vliegensvlug onze portretten. Het hoofd van oom Rien kwam bovenaan te staan, alsof hij de vader was en wij zijn kinderen. Toen de tekening klaar was, schreef Tim er met grote letters onder: *De cast van Peeping DST!*

GLOWS VERSIERTIP VOOR VERLEGEN MEIDEN

Sta jij altijd met je mond vol tanden zodra je een leuke jongen ziet? Als je het niet zeggen kan, show het dan!

Benodigdheden

Een T-shirt en een textielstift

Een jongen die kan lezen

Actie

Schrijf een pakkende tekst of een gouden openingszin op je shirt.

Tekstsuggesties

* Ik wil je versieren, maar ik heb mijn slingers thuis laten liggen.
* Je doet me heel erg aan mijn buurjongen denken, die is ook zo knap.
* Ben jij niet die soapster...
* Wat zit je haar leuk. Mag ik de naam van je kapper?
* Ik ben vandaag jarig en jij ziet eruit als een cadeautje.
* Ik had net zin in een goed gesprek, maar mijn beltegoed is op. Ik dacht: misschien wil jij wel met me praten.
* Ik ben bang in het donker. Breng jij me straks naar huis?
* Ik snap niks van mijn wiskunde en jij ziet er heel intelligent uit.
* Ik weet geen openingszin, dus als jij nou...
* Waar heb je die toffe schoenen gekocht?
* Ik ben mijn tong verloren. Kun jij hem helpen terugvinden?

Actie!

Ga in je nieuwe T-shirt in de buurt van die leuke jongen staan. Kijk hem aan en dan weer van hem weg. Knipper met je ogen (niet té, anders denkt hij dat je last van je contactlenzen hebt) en glimlach. Wedden dat hij reageert?

Als hij het gesprek begint, hoef je alleen nog maar te antwoorden. Veel minder eng dan zelf de eerste stap zetten.

Glow for it!

Binnenkort op tv

Pierre gaf ons een demonstratie filmmontage.
'Ik heb het complete filmpje in de computer geladen,' legde hij uit. 'Ik selecteer de beste takes en sleep ze hierheen.' Hij dubbelklikte op de muis. 'En zo zet ik ze in de goede volgorde.'
'Dat ben ik!' gilde Marie-Fleur toen ze zichzelf in de roze, pluchen stoel zag zitten.
'We zijn niet kippig,' zei Karin.
'Maar wel bijna doof.' Marscha hield haar handen voor haar oren.
Pierre zette zijn laptop uit en klapte hem dicht. 'Als ik klaar ben, krijgen jullie een kopie.' Hij knipoogde naar Marie-Fleur. 'Kun je jezelf elke dag bewonderen, moppie.'

Pierre volgde ons de hele dag met zijn camera, alleen in de wc was je veilig.
'Over een week zijn jullie er zo aan gewend, dat jullie het niet eens meer merken,' zei Kimberley.
Voorlopig was iedereen nog behoorlijk alert. Zodra Pierre in de buurt kwam, hoorde je fluisteren: 'Zit mijn haar wel goed? Heb ik geen soep in mijn ogen?'
Marscha's bovenlip was weer normaal, maar nu at ze ineens geen bitterballen meer. Ze volgde een dieet van blauwe druiven en suikervrije kauwgom.
'Straks val je nog flauw,' zei ik bezorgd.
'Beter dan breedbeeldbillen,' vond Marscha.
Ik tikte tegen mijn voorhoofd. 'Als je kont nog kleiner wordt, kun je niet meer zitten.'

En toen was het promotiefilmpje klaar. We gingen met de hele cast naar Marie-Fleur, want haar ouders hadden een beamer.

De butler bracht ons naar een aparte televisiekamer met een grote witte muur. Het leek net een kleine bioscoopzaal. We nestelden ons op de bank en op kussens op de grond en kregen allemaal een beker popcorn. Marscha had hem al leeg voor de voorstelling begon en keek beteuterd naar haar zoute vingers. 'Ik stikte van de honger.'

Ja, hèhè.

'Starten maar,' commandeerde Marie-Fleur met een armzwaai naar de butler.

'Poepoe,' fluisterde Marscha. 'Straks krijgt hij met de zweep.'

'Het begint!' riep Karin en meteen hielden we allemaal onze adem in.

Op de wand verscheen in koeienletters: *Nog zeven dagen en dan is het zover!* Pats! – daar was in full colour de Strandtent.

'*Peeping DST*,' zei een stem. 'Een realitysoap vol spanning, liefde en avontuur.'

Er klonk een swingend muziekje.

'Pfff.' Said maakte een wegwerpgebaar. Omdat het geen hiphop was, natuurlijk.

'Doe je arm naar beneden!' gilde Marie-Fleur hysterisch. 'Ik zie niks.'

De camera zoomde in sneltreinvaart in op de deur van DST, ging erdoor naar binnen en gleed langs de stoelen naar de bar. Oom Rien kwam als eerste in beeld. Boven zijn hoofd hing een tekstwolkje: *oom Rien, the Boss.*

Toen transformeerde zijn gezicht in dat van Stanley (mét zonnebril): *Zorro.*

Iedereen lachte. Stanley het hardst van allemaal.

Zijn haar (op het filmpje) begon te groeien en zijn bril verdween. Uit zijn hoofd ploepte een kroontje: *Prinsesje Marie-Fleur.*

'De prinses op de erwt,' fluisterde Marscha in mijn oor.

Marie-Fleur veranderde in Said, met een microfoon voor zijn mond: *De Rapper*.

Zijn huid werd bleker en hij kreeg drie staartjes: *Evergreen Karin*.

Haar haren ploften weer naar beneden en kleurden halverwege blauw: *Smurfin Marscha*.

'Nou ja, zeg,' mompelde Marscha.

'Ssssst!' siste iedereen.

Daar stond Tim op de muur, met een spuitbus zwevend naast zijn oor: *De Spuiter*.

Hij kreeg een hoofddoek en zijn kin werd puntig: *Kokkie Safira*.

'Nu jij nog, Fay,' zei Stanley.

Ik durfde alleen tussen mijn vingers door te gluren.

Safira's hoofddoek maakte plaats voor een paardenstaart: *Toverfay*.

Was ik dat?

Stanley aaide mijn knie. 'Wauw, je bent ook al tv-geniek.'

'Ja hoor.' Ik liet mijn handen zakken en keek naar mijn geprojecteerde tweelingzus. Ze hield haar hoofd een beetje schuin en zei: *'Peeping DST*. Binnenkort op tv.'

Zooo raar.

Ten slotte zagen we de tekening die Tim had gemaakt.

'Mis het niet!' riep de stem, en toen werd de muur weer wit.

'Lachen,' zei Marscha. 'Fay wilde niet op tv en ze is de enige met tekst.'

Marie-Fleur stond op en liep met een samengeknepen mond naar de beamer.

**Problemen met je lijf,
je lover of je ouders?
Vraag Manja om raad!**
(Ook anonieme brieven
worden beantwoord)

Lieve Manja,
Ik maak me zorgen over mijn vriendin. Ze is al hartstikke dun, maar toch moet ze zonodig lijnen. Ze eet zelfs geen bitterballen meer! Alleen nog maar blauwe druiven en kauwgom zonder suiker. Dat is toch niet gezond?
Groetjes van een bezorgd meisje

Lief bezorgd meisje,
Het is inderdaad ongezond om jezelf uit te hongeren. En bovendien: het helpt niet! In het begin lijkt het allemaal fantastisch te gaan en val je lekker af. Maar als je lichaam te weinig voedsel binnenkrijgt, gaat het al snel zelf voor een noodrantsoentje zorgen en houdt het juist méér vet vast dan normaal. En dat blijft het doen, ook als je weer meer gaat eten. Gevolg: de kilo's vliegen er weer aan, en vaak ook nog wat onsjes extra. (Het zogenoemde jojo-effect.) Het is veel slimmer om niet (of minder) te snoepen (en die bitterballen te laten staan), maar wel gewoon te blijven eten. Zodat je alles binnenkrijgt, wat je nodig hebt.
Groetjes van Manja

(G)een liefdesbrief

Mijn zus Evi kwam de kamer binnen. Ze leek op een kleine kat die zojuist een vogeltje heeft gevangen.

'Een liefdesbrief voor Fay!' Ze wapperde met een envelop.

Mijn maag werd een stukje opgetild. Stanley had me nog nooit een brief gestuurd!

'Wat romantisch,' zei mijn moeder. 'Ik dacht dat jongens tegenwoordig alleen nog maar sms'ten of mailden.'

Ik griste de envelop uit Evi's klauwtjes en draaide hem om. Geen afzender. Alleen mijn naam en adres stonden op de voorkant. Niet met de hand geschreven, maar getypt.

'Hoe weet jij dat hij van Stanley is?' vroeg ik achterdochtig, want met Evi wist je het maar nooit. Voor hetzelfde geld had ze de brief boven de fluitketel opengestoomd, hem stiekem gelezen en daarna de envelop met lijm weer dichtgeplakt.

'Tjááá,' zei ze geheimzinnig.

Ik kreeg wurgneigingen.

'Je thee, Fay.' Mijn moeder schoof de dampende kop naar me toe.

'Ik drink hem boven wel op.' De brief brandde zo ongeveer een gat in mijn hand, ik kon geen seconde meer wachten.

'Flauwerik.' Evi keek verlangend naar de envelop. 'Je kunt hem toch best even voorlezen?'

'Die is gek!' Dan kon ik hem net zo goed in de krant laten afdrukken.

Ik deed mijn slaapkamerdeur op slot en ging op mijn bed zitten. Vanuit Het Rattenpaleis klonk geritsel. Mijn rat Tammy duwde haar neusje tegen het glas.

'Strakjes, lieffie.' Ik zette de thee op het nachtkastje, legde de envelop op mijn bovenbeen en streek hem glad.

Wat kon er in hemelsnaam in die brief staan? Iets wat Stanley niet recht in mijn gezicht durfde zeggen...

Het schoot als een bliksemflits door me heen: HIJ WIL HET NATUURLIJK UITMAKEN!

Ik stond, nee zát, ineens stijf van de zenuwen. Openmaken. Niet openmaken. De envelop leek plotseling op een eng insect. Op dat moment brulde mijn jongste zusje Carlijn vanaf de overloop: 'Fay, telefoon!'

Uitstel van executie. Vlug schoof ik de envelop onder mijn kussen en liep naar beneden.

Het was Marscha.

'Groot nieuws, Fay! We krijgen een hondje!' ratelde ze in mijn oor. 'Hij is van mijn vaders collega geweest, maar nu mogen wij hem hebben. Gaaf, hè? Bertje, zo heet-ie. Het hondje, bedoel ik...' Ze viel eindelijk stil. 'Hallo, ben je er nog?'

'Ja,' zei ik afwezig.

'Iets enthousiaster mag ook wel, hoor.'

'Sorry. Het is echt heel leuk.'

'Is er iets?' Zelfs door de telefoon kon Marscha mijn gedachten lezen.

Ik vertelde van de brief. 'En nu ben ik bang dat Stanley geen verkering meer wil.' Alleen al bij het idee kreeg ik tranen in mijn ogen.

'Bestaat niet,' zei Marscha lief. 'Wie wil er nou geen verkering met jou? Weet je wat? Ik kom er meteen aan. Niet openmaken voordat ik er ben!'

Tien minuten later zat ze hijgend naast me op mijn bed. Ik ritste de envelop open en...

Mijn vingers trilden te erg. 'Lees jij hem maar.'

38

Ik gaf de brief aan Marscha en staarde naar een punt op de muur. Alsjeblieft, laat het niet waar zijn, alsjeblieft.

Geritsel van papier.

'Waar slaat dat nou weer op?' Marscha klonk boos en verbaasd tegelijk.

'Stanley?' Ik durfde nog steeds niet te kijken.

'Nee, het is een soort dreigbrief.'

'Dreigbrief?' De haartjes in mijn nek gingen overeind staan.

Marscha las hem met een onheilspellende stem voor: *'Pas maar op dat je geen sterallures krijgt! Want anders...'*

Nu trok het kippenvel ook nog over mijn rug. 'Want anders wat?' (Ik had laatst een maffiafilm gezien waarbij een hele familie werd neergeknald.)

'Tja, dát staat er niet bij.' Marscha legde het papier op mijn schoot. Ik gleed met mijn vinger over de bobbelige letters. Ze waren niet geschreven, maar uit een tijdschrift geknipt en opgeplakt.

'Misschien komen ze wel uit Glow.'

'Welke idioot gaat er nou in Glow knippen?' riep Marscha verontwaardigd.

Alsof dat nóg crimineler was dan een dreigbrief sturen!

Ik peuterde aan de s van sterallures. 'En welke idioot richt die brief nou aan mij?'

Marscha knikte. 'Ze hadden hem beter naar Marie-Fleur kunnen sturen, díé heeft pas sterallures. Heb je haar gezicht gezien na dat filmpje? Man, wat was ze jaloers dat jij tekst had.'

'Vrouw,' zei ik.

Marscha keek me ineens met grote ogen aan en fluisterde: 'Wie weet heeft zíj het wel gedaan.'

'Marie-Fleur?' Ik tikte tegen mijn voorhoofd.

'Dat kan best, hoor. Sommige mensen moorden zelfs uit jaloezie!' Marscha raakte helemaal op dreef. 'Of het is een wraakactie omdat je haar het nummer van Xavier hebt ontfutseld.'

Hallo, en wie had dat verzonnen?

Marscha zuchtte. 'Jammer dat je haar niet op heterdaad betrapt hebt, dan hadden we tenminste bewijs.'

Wat was ik toch een sufferd. 'Misschien heeft Evi de bezorger gezien!'

**Problemen met je lijf,
je lover of je ouders?
Vraag Manja om raad!**
(Ook anonieme brieven
worden beantwoord)

Lieve Manja,
Ik heb een akelige brief gekregen. Zonder afzender. Weet jij hoe ik erachter kan komen wie hem heeft verstuurd?
Liefs van Fee

Lieve Fee,
Het schrijven van anonieme brieven is strafbaar. (Behalve als je ze naar mij stuurt, natuurlijk.) Meestal heeft de schrijver kwade bedoelingen, of wil hij/zij een flauwe grap met je uithalen. Je kunt hoogstens je oren en ogen goed openhouden, maar de kans dat je erachter komt wie zoiets doet, is klein. Ik zou zeggen: vergeet het. Komen er nog meer brieven en voel je je bedreigd, vertel het dan aan je ouders en schakel desnoods de politie in. Hopelijk blijft het bij deze ene keer!
Liefs van Manja

Chinezen

Evi zat op mijn bureaustoel als een koningin op een troon. (Normaal gesproken was mijn kamer verboden terrein voor mijn zussen.)

'En, was het een liefdesbrief?' vroeg ze. De nieuwsgierigheid droop van haar gezicht.

'Nou, nee...' begon Marscha.

Ik wipte ongeduldig met mijn voet. 'Heb je gezien wie hem in de bus heeft gestopt?'

Evi knikte! Ik schoof meteen naar het puntje van mijn bed.

'Het was een meisje,' zei ze.

'Zie je wel.' Marscha stak haar handen in de lucht. 'Marie-Fleur!'

'Nee hoor, die was het niet.' Evi zette zich af met haar voet en liet de stoelzitting ronddraaien.

Marscha deed haar armen weer omlaag. 'Wie dan wel?'

'Weet ik veel,' zei Evi. 'Een onbekende.'

Pfff, ik voelde me meteen tien kilo lichter. 'Hoe zag ze eruit?'

Evi schokschouderde. 'Gewoon.'

'Had ze geen bijzondere kenmerken?' Marscha voelde aan haar bovenlip. 'Een snor of een haakneus of zo?'

'Jemig, is dit een kruisverhoor?' Evi stopte de stoel en plantte haar voeten op de grond.

'Toe nou, Eef,' smeekte ik. 'Het is echt heel belangrijk.'

Evi dacht na. 'Ze had bruin haar.'

'Half Nederland heeft bruin haar.' Marscha liet zich teleurgesteld achterover op mijn bed vallen.

Toen pas drong het tot me door: Evi had al die tijd geweten...

'Waarom zei je dat die brief van Stanley kwam?' vroeg ik pissig.

'Dat heb ik niet gezegd, hoor,' zei ze. 'Alleen dat het een liefdesbrief was, maar dat was een geintje.'

Heel geestig, maar niet heus.

'Je wordt bedankt,' snauwde ik en ik wapperde met mijn hand. 'Hoepel dan nu maar weer op.'

'Nou moe,' sputterde ze. 'Ik zal je nog eens helpen.' Ze beende met grote passen naar de overloop.

'Deur dicht!' schreeuwde ik.

Hij viel met een klap in het slot.

'Ach ja, het is in elk geval nog aan met Stanley,' zei Marscha.

Gelukkig wel! Ik haalde Tammy uit Het Rattenpaleis en legde haar als een bontkraagje in mijn hals.

'Kunnen ratten eigenlijk met honden opschieten?' vroeg Marscha.

Oh ja. Bertje.

'Vast wel.' Ik ging op de nog warme bureaustoel zitten en sloeg mijn benen over elkaar.

'Die collega van mijn vader gaat een jaar lang in Peking werken,' vertelde Marscha. 'Maar in zijn appartement daar mag hij geen huisdieren houden. Dus heeft hij gevraagd of wij Bertje willen adopteren.'

Ik grinnikte. 'Het klinkt net alsof je het over een baby hebt.'

'Nee, een kleuter,' zei Marscha ernstig. 'Bertje is al vier.'

Ik viste een yoghurtdrop uit de zak in mijn bureaula en voerde hem aan Tammy. 'Waarschijnlijk heb je zijn leven gered. In China eten ze hondenvlees.'

'Jakkie!' riep Marscha verschrikt. 'Ik haal nooit meer babi pangang!'

'Daar zit geen hond in,' suste ik. 'Alleen maar varken.'

'Eigenlijk ook best zielig.' Marscha veegde een pluk haar uit haar gezicht. 'Misschien moet ik maar vegetariër worden.'

'En helemáál nooit meer bitterballen eten?' zei ik ongelovig.

Marscha was meteen stil. Drie weken onthouding vond ze al een opgave. Ze was net zo verslaafd aan bitterballen als Tammy aan yoghurtdrop.

'Wat voor soort hond is het eigenlijk?' vroeg ik.

'Vuilnisbakkenras.'

'Heb je geen foto bij je?'

Marscha schudde haar hoofd. 'Ik heb hem zelf ook nog niet gezien. Mijn vader zegt dat hij chocoladebruin is.'

'En dan ga jij hem zeker blauw verven?'

'Haha.' Marscha kon niet meer stilzitten en wipte op en neer op mijn bed. 'Ik neem hem mee naar DST, dan kan hij meedoen in de soap.' Ze neuriede de begintune van Lassie.

'Misschien wil oom Rien geen hond in zijn strandtent.'

Ze wuifde mijn woorden weg. 'Heus wel, die kijkt niet zo nauw.'

Ik trok met mijn vingers mijn ogen tot spleetjes. 'In tegenstelling tot de Chinezen.'

SMAKEN VERSCHILLEN

De een vindt oesters een delicatesse, de ander zegt dat ze naar snot smaken. Sommige mensen kun je wakker maken voor in knoflook bereide slakken, andere worden al misselijk bij het idee. Ben jij het type: wat de boer niet kent, dat eet hij niet? Of lijk je eerder op een proefkonijn en sta je open voor verrassingen? Lees wat Glow je voorschotelt en gruwel of geniet....

De hond in de pot

In Azië is hondenvlees een belangrijk bestanddeel van veel traditionele gerechten. Op grote fokkerijen worden puppy's negen maanden vetgemest om vervolgens in de pan te verdwijnen. In China koken ze soep van de sint-bernard en in Korea eten ze in augustus graag boshingtang, een stoofpotje van hondenvlees. Het klinkt ons gruwelijk in de oren. Maar wij doen natuurlijk hetzelfde met koeien, varkens en kippen.

Aan het spit

In landen als Ecuador, Bolivia en Peru vinden ze cavia's om op te vreten. Ze rijgen de cuy (spreek uit als: koei) aan het spit en roosteren hem. Hij wordt opengevouwen en nog compleet met oogjes, oren, tanden en nageltjes opgediend. Je eet de huid, de dijbeentjes en voorpootjes. Die schijnen naar gebakken speklapjes te smaken. Raar? Ach, in Nederland eten we ook konijnen.

Met de Franse slag

In de Franse cuisine worden kalfshersens en pens (ja, wat wij aan de hond voeren) als een delicatesse beschouwd. Ook de foie gras is wereldberoemd. Deze ganzenlever is de duurste en vetste leversoort die er bestaat. Hij wordt gemaakt door ganzen twee tot drie keer per dag (meestal met een luchtdrukpomp) vol te proppen met graan. Bepaald

geen pretje! Veel chef-koks vinden foie gras een smakelijk en bijzon-
der gerecht. Maar wie het op de kaart zet, is natuurlijk gewoon een
domme gans.

Allemaal beestjes

Een schaal vol termieten, gebakken sprinkhanen of sappige meel-
wormen? Dan is het in Afrika smikkelen en smullen geblazen. Ge-
roosterde insecten zijn met hun nootachtige smaak een prima borrel-
hapje. Geen trek in een insectensnack? Dan kun je ook een krokodil
proberen. Hij is net zo stevig als vlees, maar er zit een vissig smaakje aan.

Honger gekregen? Of denk je er nu hard over om vegetariër te worden?
Hoe dan ook. Glow wenst je smakelijk eten!

Hondenweer

Toen we de volgende dag weer in DST zaten, liet ik meteen de brief zien.

'Belachelijk.' Tim klopte onhandig op mijn schouder. 'Jij hebt helemaal geen sterallures.'

'Marie-Fleur wel,' zei Marscha.

'Denk je dat zij hem heeft gestuurd?' vroeg Kimberley geschrokken. 'Ik hoorde wel dat ze aan Pierre vroeg waarom zíj geen tekst had in het filmpje, maar...'

'Heeft ze dat écht gevraagd?' Marscha bleef er bijna in.

'Marie-Fleur heeft hem niet bezorgd,' zei ik. 'Het was een meisje met bruin haar.'

Karin balde haar vuisten. 'We zullen háár eens sterretjes laten zien!'

'Moet je wel eerst weten wie het is.' Marscha strekte haar nek en tuurde rond of ze iemand met een kloppend signalement zag. Ze leek op een giraffe die de savanne afspeurt naar leeuwen.

'Vergeet het maar, er zijn miljoenen meiden met bruin haar,' rapte Said.

Ik plukte aan het papier en zuchtte.

Stanley streek met zijn wijsvinger over de rimpel in mijn voorhoofd. 'Said heeft gelijk. Je moet er maar niet meer aan denken.'

Alsof ik mijn hersens met een knopje kon uitzetten.

Maar toen gaf hij me een zoen die minstens drie minuten duurde en dat werkte precies als zo'n knopje: ik kreeg acuut een aanval van geheugenverlies.

Tot Marscha riep. 'De televisiekus van de eeuw!'

Shit. Ik was ook vergeten dat Pierre ons stond te filmen.

Marie-Fleur kwam de Strandtent binnen. Met een uitgestoken arm, alsof ze wilde dat we haar hand gingen kussen. 'Kijk,' zei ze trots. 'Van mijn vader gekregen.'

Om haar vinger zat een gouden ring met een joekel van een steen. Karin dook er als een ekster op af. 'Is hij echt?'

'Natuurlijk is hij echt,' antwoordde Marie-Fleur nuffig. 'Mijn vader heeft de diamant speciaal in Antwerpen laten slijpen.'

Said floot tussen zijn tanden. 'Flinke boksbeugel.'

'Is dat ding niet zwaar?' vroeg ik.

Marscha grinnikte. 'Nou! Straks groeit je vinger nog scheef.'

'Pas maar op dat je hem niet kwijtraakt.' Oom Rien keek een tikkeltje bezorgd. 'Als ik zo'n dure ring had, zou ik hem in de kluis leggen.'

'Maar dan ziet niemand hem!' riep Marie-Fleur. Ze legde haar hand met de ring tegen haar wang en glimlachte in de camera.

'Even wachten, mop. De film is op.' Pierre liep naar zijn spullen. 'Kimberley! Laat je handjes eens wapperen.'

Ik keek naar zijn bolle rug. *Superbabe* stond er op zijn shirt. Superbaby was beter geweest.

's Middags viel de regen ineens met bakken uit de lucht. De ramen waren beslagen en de wind loeide door het luchtrooster in het plafond. Binnen was het gezellig en lekker warm onder de filmlampen.

Pierre hield zijn camera op Marscha gericht. Ze kalkte een bierviltje vol hartjes met *Bertje* erin.

Karin ging over de tafel hangen, zodat ze het beter kon zien. 'Een nieuwe liefde?' vroeg ze verlekkerd. 'Waar heb je hem ontmoet?'

'Ik ga hem nog ontmoeten,' zei Marscha. 'Morgen zie ik hem voor het eerst.'

'Een blind date, dus.' Ik hield mijn gezicht met moeite in de plooi.

'Spannúnd!' riep Karin. 'Via internet zeker?'

Tim tekende een zoenend stelletje in zijn schetsboek. Het meisje leek precies op Marscha, van de jongen zag je alleen de achterkant.

'Ik begrijp niet dat je ouders dat goedvinden.' Marie-Fleur klonk zelf als een moeder. 'Voor hetzelfde geld is die Bertje een enge verkrachter.'

Karin giechelde. 'Of heeft hij puisten en flaporen.'

Nou ja, zeg! Ik keek naar Stanley, die achter de bar stond. Wat was er nou mis met een paar puistjes?

Said draaide aan zijn petje. 'Is hij bruin of wit, een loser of een hit?' rapte hij. 'Jong of bejaard, kaal of behaard?'

'Bertje is nog bruiner dan jij,' antwoordde Marscha. 'Hij heeft gigantisch veel borsthaar en ook nog van die heerlijk harige benen.'

'Gatver!' riep Marie-Fleur.

'Er groeit zelfs haar uit zijn oren,' zei ik.

Iedereen staarde Marscha vol afgrijzen aan.

Behalve Tim. Hij had aan de voeten van het zoenende stelletje een hond getekend. 'Is dit hem soms?'

Marscha en ik knikten in stereo.

'Oooooh,' zei Karin.

'Who let the dogs out? Woef, woef.' Said prikte met zijn vingers gaatjes in de lucht. Precies op de maat.

'Heeft hij een stamboom?' Marie-Fleur natuurlijk. Volgens mij had bij haar thuis alles een merk of een stamboom. Zelfs de butler.

'Wat maakt dat nou uit?' zei Marscha kattig. 'Als hij maar lief is.' Ze haalde een reclamedrukwerkje van een dierenwinkel uit haar kobaltblauwe rugzak. 'Kijk, dit lag gisteren in de bus.' Ze wees naar een foto van een rieten mandje, waarmee je een hondje op de fiets kon vervoeren. 'Als ik dat koop, kan ik Bertje mee naar DST nemen! Mag hij gezellig achterop.'

Safira kwam met een schaal bitterballen uit de keuken en ging rond.

'Jammie!' riep Karin.

'Ik hoef niet,' zei Marscha.

'Ben je ziek?' vroeg Safira verbijsterd.

Nou en of! dacht ik. Ze lijdt aan hondsdolheid.

QUIZZZZ

Huisdieren zijn leuk. Als je een schattige puppy of een snoezig jong katje ziet, zou je ze meteen mee naar huis willen nemen. Maar vergeet niet: dieren zijn geen speelgoed! Ze zijn afhankelijk van jouw zorg. Test daarom eerst uit of jij wel een goed bazinnetje bent.

1. **Je hond moet dringend uitgelaten worden, maar net op dat moment belt je vriendin. Wat doe je?**
   a. Ik zeg dat ik haar straks terugbel, ná mijn rondje met Bello.
   b. Ik zorg ervoor dat we minder lang aan de telefoon hangen dan normaal.
   c. Bello kan het best nog even ophouden. Mijn vriendin is toch zeker nóg belangrijker?

2. **Je konijn is ziek, maar je moet van je moeder toch naar school. Hoe voel jij je?**
   a. Ik haal een onvoldoende voor mijn proefwerk, want ik kan alleen maar aan Flappie denken.
   b. Ik probeer me op mijn werk te concentreren, maar ga na school meteen naar huis.
   c. Mijn moeder zorgt heus wel goed voor Flappie, dus waarom zou ik me druk maken?

3. **Ai! Je kat heeft een vogeltje te pakken. Hoe reageer je?**
   a. Het is nu eenmaal zijn natuur, dus kan ik het moeilijk verbieden.
   b. Ik probeer het vogeltje af te pakken en Felix met brokken te verleiden.
   c. Ik geef Felix een oplawaai. Ik ben een dierenvriend, dus moet hij van vogeltjes afblijven!

4. Wat verwacht jij van je huisdier?

a. Dat ik met hem kan knuffelen en spelen, zodat ik me nooit meer alleen voel.

b. Af en toe wat gezelligheid, en het is natuurlijk mooi meegenomen als hij er cool uitziet.

c. Dat hij voor zichzelf kan zorgen, zodat ik ook tijd heb voor andere leuke dingen!

Heb je vooral voor a gekozen? Dan boft een huisdier met jou. Je zult hem vast en zeker als een baby vertroetelen. Omdat je graag actief met hem bezig bent, kun je het beste voor een hond kiezen. Wedden dat jullie goede maatjes worden?

Heb je vooral b gekozen? Dan kun jij prima voor een huisdier zorgen, maar je vindt het wel fijn als het niet ál te veel tijd kost. Per slot van rekening heb je nog meer hobby's! Een hamster of kat zijn het meest geschikt. Die kunnen best een poosje alleen zijn en hebben wat minder aandacht nodig dan bijvoorbeeld een hond.

Heb je vooral c gekozen? Dan kun je maar beter geen huisdier nemen. Het lijkt misschien leuk, maar als je elke dag zijn hok moet verschonen, gaat de lol er snel af. En het is toch niet de bedoeling dat je ouders de verzorging voor hun rekening nemen? Wil je toch per se wat leven in huis? Neem dan een goudvis. Maar denk eraan: ook die moet je geregeld voeren.

Heb je zowel a als b als c gekozen? Jij bent een dierenvriend, maar beseft ook dat er bij het houden van een huisdier heel wat komt kijken. Begin er niet aan, zolang je twijfelt! Je kunt ook naar de dierentuin of kinderboerderij gaan. Of af en toe met de hond van je vriendin of oma stoeien. Dan heb je wel de lusten, maar niet de lasten.

Weetje van Glow:
Uit onderzoek is gebleken dat mensen mét huisdieren gelukkiger zijn dan mensen zonder huisdieren. Ze leven zelfs langer!

Jaloers

Op zaterdagochtend scheen er een waterig zonnetje en zat het terras bomvol. Ik slalomde met mijn dienblad tussen de stoelen door.

'Nou ja,' hoorde ik ineens naast me. Het klonk als een trage bandopname.

Kimberley dus.

'Wat?' vroeg ik.

Haar hand ging in slow motion naar haar mond en ze fluisterde: 'Die man daar, met die hamsterwangen. Weet je wat hij zei?' Haar stem werd een octaaf lager. 'Die lui kunnen beter in Zeezicht gaan filmen. Vorig weekend was er een opa-en-oma-dag en morgen speelt er een bandje. Maar hier... nul komma nul actie.'

'Belachelijk!' In mijn hoofd draaide zich een filmpje af. Over een hamsterhoofd dat droop van de koffie. Helaas moesten we van oom Rien altijd beleefd tegen de klanten blijven.

En trouwens...

Ik keek naar de rest van de cast. Marie-Fleur lakte haar nagels en Tim krabbelde in zijn schetsboek. Karin hing als een dweil in haar stoel en gaapte. Said was in slaap gevallen, met de dopjes van zijn mp3-speler nog in zijn oren.

Toegegeven: niet bepaald een actiefilm.

Straks zou iederéén denken dat DST de saaiste strandtent van de eeuw was.

'Dus gaan we iets organiseren,' zei ik. 'Net als toen met het aardbeienfeest.'

'Weer een missverkiezing!' riep Marie-Fleur meteen.

'Hè, nee.' Tim tikte met zijn potlood op zijn schetsboek. 'Een graffitiwedstrijd is veel gaver.'

Marie-Fleur blies met een tuitmondje haar babyroze nagels droog. 'Mijn vader sponsort het programma, dus...'
'Je kunt het ook combineren,' zei Stanley. 'Met bodypainting hebben jullie allebei je zin.'
'Jaaaa!' Saids ogen vlogen open, hij zag er ineens klaarwakker uit. 'Ik wil wel een paar meiden versieren.'
'Pardon?' vroeg Karin.
'Alleen maar met verf, schatje,' zei Said vlug.
Pierre grinnikte vanachter zijn camera.

Ik ging naar de keuken om Safira te helpen.
Ze keek chagrijnig naar de klok. 'Waar blijft Marscha nou?'
'Die kan natuurlijk geen afscheid van Bertje nemen.' Ik spoot een toef slagroom op een ijsje en zette er een wafeltje in.
'Heeft ze nou alweer een nieuw vriendje?' vroeg Safira hoofdschuddend. 'Dat kind verslijt ze aan de lopende band.'
'Bertje is haar nieuwe hóndje,' legde ik uit. 'Ze komen hem deze ochtend brengen.'
'Een hond. Nog erger!' Safira poetste driftig het aanrecht. 'Rotbeesten, dat zijn het! Ze poepen en piesen alles onder en je kunt ze voor geen meter vertrouwen. Ik ben een keer door een rottweiler in mijn knie gebeten... tien hechtingen!'
'Rotbeesten bestaan niet,' zei ik nijdig. 'Alleen maar rotbaasjes.'
Ik griste het ijsje mee en verdween naar het terras.

Stanley stond tegen de balustrade geleund. Naast hem zat een meisje in een skatebroek met honderd ritsjes. Ze balanceerde met losse voeten gevaarlijk op het randje. Sinds wanneer kende Stanley zittende koorddanseressen? Door haar enorme bos rastahaar kon ik haar gezicht nauwelijks zien. Maar haar hand des te beter! Ze legde haar vingers op Stanleys arm, en intussen bleef ze maar kletsen.
Jemig, wat hadden die twee het gezellig samen, zeg!

Ik leverde het ijsje af, waarbij ik heel toevallig Stanley passeerde. Nou moe, hij zag me niet eens! En tot overmaat van ramp deed hij ook nog zijn scheve lachje, naar háár!

Er flitsten allerlei scenario's door me heen. Haar een zetje geven zodat ze achterover zou kukelen. Zeggen dat ze met haar poten… Stel je niet aan, dacht ik. Praten is nog lang geen zoenen.

Langzaam liep ik terug naar de ingang van DST, met mijn ogen zo ongeveer achter op mijn hoofd geplakt.

Eindelijk! Stanley kwam met zijn lege dienblad mijn kant op. Ik probeerde gruwelijk hard om er niet jaloers uit te zien.

'Hee, een toverfay,' zei Stanley tegen me.

Ik beet op mijn lip. Normaal doen. Niks laten merken. Zeker niet met die stomme camera op mijn neus.

Maar mijn tong had een eigen willetje.

'Wat moest je bij die griet?' flapte ik eruit. Het klonk alsof er een te strak elastiekje om mijn keel zat.

'Gewoon.' Stanley keek me verbaasd aan. 'Ik ken haar nog van vroeger.'

Hoe vroeger? dacht ik. Van de peuterspeelzaal of van de disco?

'Je bent toch niet jaloers?' Stanley gaf me een kusje, dat ergens bij mijn oor belandde. 'Ik ben stapelgek op jóú, hoor.'

Wauw, wat was hij lief. En ik een achterdochtig kreng!

Hij aaide mijn wang en liep toen naar de bar. Ik ging ook naar binnen en botste bijna tegen Kimberley op.

'Het heeft vast niets te betekenen, hoor,' zei ze met een knikje naar het rastameisje aan de andere kant van het raam. 'Stanley is hartstikke verliefd op je.'

Dus zij had het ook gezien!

'Weet ik ook wel,' zei ik vinnig.

Ik had er meteen spijt van. Kimberleys poppenogen werden vochtig en ze keek alsof ik haar geslagen had.

Ik legde vlug mijn hand op haar arm. 'Maar het is aardig dat je het zegt.'

HEB JIJ DAT NOU OOK?
Glow-thema van de week: jaloezie

grrrrr

Het groene monster

Je hebt een vriendje en wilt graag zijn on-
verdeelde aandacht. Maar dan kijkt hij
net iets te lang naar die ander en – bam! –
het groene monster neemt bezit van je. Je
maag draait zich om en je hoort het bloed
in je oren gonzen. Je tenen staan krom in
je schoenen. Je kunt háár ogen wel uit-
krabben en zou je vriendje het liefst aan
de ketting leggen (voor altijd huisarrest op
jóúw kamer). Kortom: je bent stinkend jaloers.

Wat nu?

Vraag jezelf eerst af of je jaloezie wel terecht is. (Vóórdat je je vriendje met verwijten om de oren slaat.) Misschien doet hij niets verkeerds
en komt het jaloerse gevoel door je eigen onzekerheid. Denk je vaak
dat andere meiden vast leuker zijn dan jij? Hallo-ho, hij heeft niet
voor niets verkering met jóú! Maak een lijstje met redenen waarom
je vriendje juist jou heeft uitgekozen. Dat kan helpen om je zelfvertrouwen te vergroten. Gevolg: je bent minder bang om je vriendje te
verliezen en ziet andere meiden niet meer meteen als een groot ge-
vaar.

Niet doen!

Gek van jaloezie? Ga dan niet elke keer zitten zeuren waar je
vriendje geweest is en wie hij gezien heeft en wat hij gedaan heeft.
Je bent zijn gevangenisbewaarder niet! Jullie zullen er alleen maar
ruzie door krijgen en je loopt kans dat hij steeds minder zal vertellen om van jouw gezanik af te zijn. Of nog erger: hij krijgt het zo
benauwd dat hij het alsnog uitmaakt! En dat was nou net niet de bedoeling.

Vreemdgaan

Heeft je vriendje met een ander gezoend, dan is het natuurlijk logisch dat je ziedend jaloers wordt. In dat geval moet je de fout juist niet bij jezelf zoeken. Dat je vriendje zich eikelig gedraagt, ligt niet aan jouw tekortkomingen. Het zegt alles over hém. Je kunt erover praten, en hem nog een kans geven. Dit betekent wel dat het een tijdje zal duren voordat hij je vertrouwen terugwint. Kiest hij dan nog niet alleen voor jou en wil jij dat wel, dan is er maar één oplossing: maak het uit! Tja, het zal misschien even pijn doen, maar het is beter dan ziek worden van jaloezie.

Bertje

Tim kwam de keuken binnen. Ik was net de vaatwasser aan het inruimen.

'Pauze,' zei hij met een brede grijns. 'Marscha is er, mét Bertje.'

Wat was er zo lollig? Ik zette het laatste kopje in het rek en liep nieuwsgierig achter hem aan.

Marscha stond bij de bar te stralen.

'Hier is hij dan.' Ze maakte een breed gebaar, alsof ze een Ferrari aanprees. 'Bertje, dit is Fay.'

Bertjúúúú?

Hij was zo groot als een kalf. Die zou never nooit niet in een fietsmandje passen.

'Wat een reus.' Pierre deed een stapje achteruit. 'Alleen zijn kop is al beeldvullend.'

'Het is dat hij een riem om heeft,' zei Karin. 'Anders wist ik niet eens waar zijn kop zát.'

Marie-Fleur knikte. 'Je mag hem wel eens laten trimmen.'

'Ik ga voortaan elke dag met hem trimmen.' Marscha klopte de hond op zijn rug. 'Lekker langs het strand, hè Bertje?'

'Ik bedoel de hondenkapper, suffie.' Marie-Fleur harkte haar eigen lange, blonde haren naar één kant. 'Mijn moeder weet vast wel het adres van een goede trimsalon.'

'Ga dan maar vast opslag aan oom Rien vragen,' adviseerde Stanley.

Woef! deed Bertje.

'Ja, je krijgt drinken,' antwoordde Marscha, die blijkbaar ineens honds kon verstaan. Ze gaf een rukje aan de riem en liep met Bertje naar de keuken.

'Hè?' Ze kreeg de deur met het patrijspoortje niet open.

Safira verscheen als een poppenkastpop achter het raampje. 'Hij komt er niet in,' zei ze. 'Hondenharen zijn vreselijk onhygiënisch.'

'Maar Bertje stikt van de dorst!' riep Marscha verontwaardigd.

'Ogenblikje.' Safira's hakken tikten op de keukenvloer.

Marscha snoof.

'Alle koks zijn allergisch voor haren,' suste oom Rien.

Stanley knikte. 'Toen ik nog bij Happy Corner werkte, moest ik altijd zo'n belachelijk papieren mutsje op.'

'Misschien kun je Bertje een blauwe hoofddoek omdoen,' zei ik tegen Marscha. 'Dan scoor je vast bij Safira.'

'Niks hoofddoek. Een muilkorf!' Safira zette de deur op een kier en stak een plastic emmertje met water naar buiten. 'Hier.'

Marscha keek naar het etiket. 'Heb je het wel goed schoongemaakt?' vroeg ze bezorgd. 'Er heeft mosterd ingezeten. Extra pittige.'

Hot dog Bertje, dacht ik.

'Wat sta jij nou te gniffelen?' mopperde Marscha.

Bertje lag achter de bar te slapen. In de keuken kletterden borden en werden kastjes hardhandig open- en dichtgedaan.

Stanley kwam met brood en omeletten naar buiten. 'Marscha is nog behoorlijk aangebrand.'

'Beter Marscha dan de eieren,' zei ik.

Ik laadde mijn dienblad vol glazen en liep achter Stanley aan, naar het terras.

Pfff. Het meisje met het rastahaar was verdwenen.

Ik zette de cola op het tafeltje bij de cast. En ijsthee voor Kimberley en Pierre.

'We doen toch geen bodypainting,' zei Karin tevreden.

'Maar wel een verkiezing!' Marie-Fleur glimlachte in de camera.

Said knikte. 'We hebben iets vet cools bedacht, Bertje heeft ons op het idee gebracht.'

Tim hield zijn schetsboek omhoog en liet het ontwerp voor een flyer zien: *Lookalike-contest: welk baasje lijkt het meest op zijn hond?*

'Dat zal Safira niet leuk vinden,' zei Kimberley zacht.

Karin haalde haar schouders op.

Ik dacht aan Marscha. 'Zou er ook blauwe kleurshampoo voor honden bestaan?'

Stanley grinnikte. 'Ik zei het toch: bodypainting.'

**Problemen met je lijf,
je lover of je ouders?
Vraag Manja om raad!**
(Ook anonieme brieven
worden beantwoord)

Lieve Manja,
Ik ken iemand die vreselijk bang is voor honden. (Ze is een keer door
een rottweiler gebeten.) Weet jij een manier om haar van haar angst
af te helpen?
Groetjes van een dierenvriendin

Lieve dierenvriendin,
Zet nooit zomaar ineens een hond voor haar neus! Dan zal ze met-
een in de stress schieten. Kies voor een voorzichtige aanpak:
Stap 1: Ga samen met haar OP VEILIGE AFSTAND een hond observe-
ren. Praat over de hond en laat haar vertellen waar ze zo bang voor is.
Stap 2: Hoe vaker/langer ze naar de hond kijkt, hoe meer ze eraan
gewend raakt. Daardoor zal haar angst een tikkeltje afnemen.
Stap 3: Laat de hond stukje voor stukje dichterbij komen. Bouw dit
rustig op en laat haar zelf aangeven wat ze wel en niet aandurft. For-
ceer dus niets!
Stap 4: Is de angst voldoende gezakt, dan is ze toe aan een echte ont-
moeting met de hond. Misschien durft ze hem voorzichtig te aaien.
Zorg er wel voor dat er geen onverwachte dingen gebeuren, want
dan kan ze opnieuw bang worden. Alleen succeservaringen kunnen
een einde maken aan haar hondenfobie!
En als dit allemaal niet lukt, kun je nog altijd een professionele thera-
peute inschakelen.
Good luck!
Manja
P.S. Dit werkt ook bij fobieën voor andere dieren, zoals spinnen of
muizen

Au!

'Volgens mij is Marscha niet lekker,' zei Marie-Fleur. 'Ze zit al een uur op de wc en doet niet open.'
Misschien was ze flauwgevallen van de honger! Haastig liep ik met Marie-Fleur naar de betegelde wc-ruimte. Ze wees naar de achterste deur, waarvan het knipje op rood stond.
'Hé!' riep ik. 'Gaat het een beetje?'
Arme Marscha. Ik hoorde haar overgeven en meteen moest ik zelf bijna kokhalzen. Gelukkig róók ik het niet ook nog. Alleen maar de dennengeur van de toiletverfrisser.
'Doe eens open!' Ik bonsde bijna een deuk in de deur.
'Jaja.' Marscha trok door, draaide het slot om en kwam naar buiten.
Ze zag er niet misselijk uit.
'Ben je ziek?' vroeg Marie-Fleur, die met één hand aan de deurpost ging hangen.
'Hoe kom je daar nou bij?' snauwde Marscha.
'Hallo, we hoorden je kotsen,' zei ik.
'Komt het door dat broodje zalm?' vroeg Marie-Fleur. 'Ik vond ook dat er een raar smaakje aan zat.'
Marscha had een broodje gegeten!
'Maak je niet druk,' mompelde ze. 'Ik voel me kiplekker.' Ze duwde de wc-deur achter zich dicht. Nou ja, bíjna dicht. Helemaal ging niet, want er zat iets tussen.
Marie-Fleur krijste ineens alsof ze werd vermoord.
'Mijn vi-hinger,' snikte ze. Het bloed trok uit haar gezicht en haar ogen schoten vol tranen.
'Oeps, sorry.' Marscha pakte zenuwachtig de hand met de gekneusde vinger vast.

'Niet aankomen!' schreeuwde Marie-Fleur.

De deur van de wc-ruimte ging open en de hele cast en crew van *Peeping DST* probeerde tegelijk binnen te komen. Pierre met zijn camera voorop.

Zelfs op de wc zijn we niet meer veilig, dacht ik.

'Wat is er loos?' vroeg Tim.

Marie-Fleur liet haar vinger zien. Hij ging steeds meer op een opgezwollen worstje lijken. De ring met de diamant snoerde in haar vel.

'Je moet hem eraf zagen,' adviseerde Said.

'Haar vinger?' vroeg Karin met schitterogen.

'Haar ring, schatje,' zei Said geduldig.

Tim knikte. 'Mijn oom heeft een keer met zijn hand tussen het autoportier gezeten. Dik dat hij werd! Omdat hij zijn trouwring omhad, kon het bloed daar niet verder stromen. Uiteindelijk hebben ze zijn ringvinger moeten amputeren.'

Er ging een rilling door mijn lijf.

'Heb je een kniptang?' vroeg Stanley kalmpjes aan oom Rien.

'Ik laat mijn ring niet kapotknippen!' Marie-Fleur legde haar hand beschermend over de diamant heen.

'Mijn moeder gebruikt in zulke gevallen olie als glijmiddeltje,' zei Kimberley verlegen.

We gingen in optocht naar de keuken. Safira liet net een paar kroketten in het frituurvet zakken. 'Wat heeft dit te beteke...'

'Marie-Fleur heeft met haar vinger tussen de deur gezeten,' zei ik.

Marscha was de voorraadkast al in gedoken en kwam terug met een fles. Ze draaide de dop eraf en schonk een klets olie over de ring.

Stanley begon aan het sieraad te trekken.

'Auwauwau,' kermde Marie-Fleur.

De ring schoof een stukje omhoog.

'Tank nog eens bij,' zei Stanley.

'Maar dan wel boven de gootsteen,' mopperde Safira.

We verhuisden met zijn allen naar het aanrecht. Marscha oliede weer bij en na nog wat voorzichtig wrikken, schoot de ring van Marie-Fleurs vinger.

'Bedankt!' riep ze blij.

'En nu ijs erop,' zei Marscha op het toontje van een verpleegster.

'Bij de bar.' Stanley hield de deur met het patrijspoortje open en daar gingen we weer.

Bertje werd wakker en kwam overeind.

'Marie-Fleur is gewond,' legde Marscha aan hem uit.

Stanley zette de bak met ijsklontjes op een barkruk en Marie-Fleur stak haar hand erin.

Marscha knikte tevreden. 'Zo moet je vijf minuten blijven staan.'

'Maar dan vriest mijn hand eraf,' zei Marie-Fleur.

Karin straalde. 'Moeten ze toch nog amputeren.'

DIAMONDS ARE A GIRL'S BEST FRIEND

Glow rekende zich voor één dag rijk en nam een kijkje in de wereld van blingbling

Ontembaar

Diamant is een doorzichtig kristal en het hardste materiaal dat in de natuur voorkomt. Je kunt ermee slijpen, boren, snijden en polijsten en... het natuurlijk cadeau geven. Of nog beter: krijgen! De naam komt van het Griekse *Adamas*, wat ontembaar of onoverwinnelijk betekent.

Ook voor jongens

Jongens en mannen die vroeger ten strijde trokken, droegen vaak een diamant bij zich. Of het nu Romeinse soldaten waren of ridders in de middeleeuwen; ze dachten allemaal dat zo'n glinstersteentje hen beschermde en voor een overwinning zou zorgen.

Hebberig

Als je over diamanten droomt, schijnt dat te betekenen dat je in de toekomst succes zult hebben. Ook wordt beweerd dat een diamant een zuiverende werking heeft en energie uitstraalt. Maar pas op: als je te hebzuchtig bent, kan de energie van een diamant zich tegen je keren en een negatieve uitwerking hebben. Gevolg: een grotere kans op ongelukken.

Wel even sparen

Er zijn niet alleen sieraden met diamanten te koop. De lingerieketen Victoria's Secret kwam met de sexy splendor fantasy bra: een bh met 2900 kleine diamantjes, 22 robijnen en 1 reuzendiamant van 101-karaat. Over blingbling gesproken! En wat dacht je van de iPod Nano met zijn diamanten beschermhoesje van 10.000 euro? Tja, het is wel even sparen...

Ekster

Marilyn Monroe zong er al over: *diamonds are a girl's best friend*. Maar voor de meeste meiden is al die glitter niet weggelegd. Tenzij je een miljoen met de lotto wint of een miljonair aan de haak slaat. Heb je geen geld en ben je toch net als een ekster gek op glimmende stenen? Ga dan voor nep. Voordeel: als je je ketting verliest, ben je niet meteen failliet.

In de ban van de ring

'Ik heb geen gevoel meer in mijn hand,' mopperde Marie-Fleur, toen ze hem uit het ijs haalde.

Marscha floot bewonderend. 'Maar hij is wel mooi blauw.' Ze hield er de mouw van haar hemelsblauwe truitje naast om te zien hoe het kleurde.

'Ik wil je best in de diepvrieskist opsluiten, hoor,' zei Karin tegen Marscha. 'Lekker een uurtje blauwbekken en gegarandeerd resultaat.'

Said zette meteen een rapversie van het smurfenlied in.

'Lachen jullie maar,' zei Marie-Fleur verongelijkt, terwijl ze haar zere vinger met moeite bewoog.

Ik gaf haar een troostend klopje op haar schouder. 'Hij is gelukkig niet gebroken.'

Marscha knikte. 'Je moet je ring maar zolang aan je andere hand doen.'

Marie-Fleur keek om zich heen. 'Waar is hij eigenlijk?'

'Ik heb hem in de keuken op het aanrecht gelegd,' antwoordde Stanley.

Maar de ring lag niet op het aanrecht. En ook niet op de vloer of de vaatwasser of het gasfornuis.

'Misschien is hij in de frituur gevallen,' bedacht Tim.

Marie-Fleur haalde ineens heel raar adem.

'Bertje vindt hem wel,' zei Marscha snel. 'Honden kunnen heel goed zoeken.'

Safira deed haar mond al open om te protesteren.

'Dit is een noodgeval,' zei oom Rien.

'Jij bent de baas.' Safira voelde aan het litteken op haar knie.

'Maar dan hou ík even pauze.' Ze installeerde zich met een kop koffie in de voorraadkast.

'Waarom gaat ze niet gewoon aan de bar zitten?' vroeg Tim verbaasd.

Ik wist wel waarom. De voorraadkast was hondenproof.

'Van hieruit kan ik een oogje in het zeil houden,' riep Safira.

Een oortje, bedoelde ze, want in de kastdeur zat geen glas.

Marscha leidde Bertje aan zijn riem de keuken in. Ze leek wel een circusartieste die de piste in kwam voor haar hondenact.

Dat vond Said blijkbaar ook; hij roffelde met zijn vingers op het aanrechtblad.

Met een groots gebaar maakte Marscha de riem los. 'Zoek, Bertje, zoek!' spoorde ze hem aan.

Hij hield zijn kop scheef en staarde haar niet-begrijpend aan.

'Dat wordt dus niks.' De onderlip van Marie-Fleur trilde.

'Je moet hem natuurlijk eerst aan je hand laten ruiken,' zei Karin. 'Anders weet hij niet welk luchtje hij moet volgen.'

'Een ring heeft toch geen geur?' vroeg ik.

'In detectivefilms doen ze het ook altijd.' Karin sleepte Marie-Fleur mee en duwde de zere vinger onder Bertjes neus. Zijn staart ging meteen als een antenne omhoogstaan.

'Zie je wel?' Karin juichte.

Bertje verzette geen poot, hij snuffelde alleen aan Karins benen.

'Nou, ik zie het.' Tim haalde een stift uit het borstzakje van zijn bloes en tekende een ring met een fonkelende diamant op een servetje. 'Misschien is hij visueel ingesteld, net als ik.'

Hij liet de tekening aan Bertje zien.

Hap! Bertje plofte met het servet op de grond, zette zijn poten erop en scheurde het met zijn tanden in stukken.

'Ik denk niet dat Bertje detectivebloed heeft,' zei Stanley. 'Hij wil alleen maar spelen en eten.'

Eten!

Ik haalde een knakworstje uit de koeling en wierp het op de

grond. Bertje veranderde meteen in een soort stofzuiger en slokte het op. Daarna begon hij de rest van de keukenvloer af te speuren.

'Hup, Bertje!' moedigde iedereen hem aan.

Hij snuffelde aan de vuilnisbak en duwde zijn neus tussen de kratten met lege flessen. Woef!

'Ja!' gilde Marscha en ze duwde hem opzij.

'En?' riep Safira vanuit de voorraadkast.

Er lag geen ring, alleen maar een frietje. Bertje viel er gulzig op aan.

'Geef het maar op, dit wordt een flop,' rapte Said.

'Tja.' Oom Rien wreef door zijn dunne haar. 'Ik ben bang dat je hem inderdaad niet meer terugvindt.'

Marie-Fleur slikte en slikte.

'Je vader koopt vast wel weer een nieuwe voor je,' zei ik.

Foute opmerking! Ze liet zich op de mayonaise-emmer zakken en sloeg haar handen voor haar gezicht. 'Vijfhonderd euro,' fluisterde ze en toen barstte ze in tranen uit.

Bertje likte troostend aan haar knie. Marscha staarde beteuterd naar de gekneusde vinger en ik aaide onhandig over Marie-Fleurs blonde haar.

'Boehoehoe!' snikte ze.

'Heeft er iemand een zakdoek?' vroeg Kimberley. Haar poppenogen keken nóg hulpelozer dan normaal.

Said stak zijn hand in de zak van zijn trainingsjack. Zijn zakdoek floepte naar buiten en...

Pling!

We keken allemaal geschrokken naar de grond. Daar lag DE RING MET DE DIAMANT!

**Problemen met je lijf,
je lover of je ouders?
Vraag Manja om raad!**
(Ook anonieme brieven
worden beantwoord)

Lieve Manja,
Een van mijn vrienden had laatst ineens een kostbare ring in zijn zak
zitten. De ring van iemand anders! Hij zegt dat hij niet weet hoe hij
daar gekomen is en dat hij hem heus niet gepikt heeft. Ik wil hem
graag geloven, maar het is wel een raar verhaal. Bovendien werd hij
ook nog eens vuurrood! Weet jij hoe je kunt zien of iemand liegt?
Groetjes van een Private Investigator

Lieve Private Investigator,
*Sommige mensen beweren dat je aan iemands lichaamstaal kunt
zien of hij liegt. Wanneer iemand tijdens het praten aan zijn neus
voelt, zou hij niet de waarheid vertellen. Maar misschien heeft hij
wel gewoon jeuk! En als iemand bloost of gaat hakkelen, kan dat net
zo goed van de schrik zijn. Hij wordt al zenuwachtig van het idee
dat anderen zouden kunnen dénken dat hij de dader is. Als je vriend
gespannen overkomt, wil dat dus nog niet zeggen dat hij liegt. Ga liever op eerdere ervaringen af. Heeft hij ooit iets gedaan waardoor je
nu gaat twijfelen? En bedenk: iemand is onschuldig tot het tegendeel
bewezen is. Stel je voor dat jij ten onrechte van iets verdacht wordt
en zelfs je vrienden geloven je niet! Dat is de ultieme nachtmerrie.*
Groetjes van Manja

Hmpf

Ik wist niet dat je kon blozen als je een donkere huid had, maar Said zag vuurrood.

'Dat had ik nooit van je gedacht,' zei Tim hees.

'I-Ik...' Said was al zijn rapteksten vergeten.

'Ik ga het tegen mijn vader zeggen.' Marie-Fleur stikte bijna in haar woorden. 'En dan geven we je aan bij de politie en mag je ook niet meer meedoen in de soap.'

'Ik heb het niet gedaan!' riep Said met overslaande stem.

'Natuurlijk niet.' Karin schoot met haar ogen laserstralen op ons af. 'Wat een gemene grap, zeg. Wie heeft die ring in zijn zak gestopt?'

Iedereen zweeg ongemakkelijk.

'Je denkt toch niet dat het iemand van ons is?' Kimberley kromp in elkaar bij het idee.

De voorraadkast ging op een kier.

'Is er iets?' vroeg Safira.

'Ze denken dat Said de ring van Marie-Fleur gestolen heeft,' antwoordde ik.

Bij het woord 'denken' keek Said me dankbaar aan.

Ik raapte de ring op en gaf hem aan Marie-Fleur. 'Nou ja, je hebt hem in elk geval terug.'

Hmpf, deed ze.

Marscha ging als een strenge meesteres voor Said staan. 'Heb je hem echt niet gepikt?'

'Nee.' Said voelde aan zijn neus alsof hij bang was dat die net als bij Pinokkio groeide.

Karin sloeg haar arm om zijn middel. 'Stelletje mooie vrienden zijn jullie. Hoe durven jullie Said zomaar te beschuldigen?'

'Hallo.' Marie-Fleur schoof de ring om de vinger van haar gezonde linkerhand. 'Hij viel uit zíjn zak en Said is ook gek op gouden kettingen.'

'Misschien is de ring van het aanrecht geschoven en toevallig in zijn zak terechtgekomen,' opperde Stanley.

Ik wenste dat het waar was.

Said knikte zo hard dat zijn hoofd er bijna afviel. 'Als ik wist dat hij in mijn zak zat, zou ik toch niet zo met mijn zakdoek zwaaien?'

'Tja.' Tim wreef door zijn haar en sloeg Said toen op zijn schouder. 'Sorry, maat. Maar het leek even...'

Marscha aaide Bertje. 'Het was een misverstand. Laten we het nou maar vergeten.'

We knikten allemaal, alleen Marie-Fleur zat weer te hmpfen.

'Ik ga aan het affiche beginnen,' zei Tim. 'Als jullie dan de flyer afmaken.'

Said en Karin liepen samen met hem de keuken uit.

'Ik zou maar op het tafelzilver letten,' mompelde Marie-Fleur tegen oom Rien. Toen klikklakte ze op haar hakjes driftig achter de anderen aan.

'Fantastisch filmmateriaal, mop,' fluisterde Pierre tegen Kimberley.

Ik kon de camera wel uit zijn handen slaan.

Marscha maakte kangoeroesprongen in de wc-ruimte.

'Wat ben jij nou aan het doen?' vroeg ik.

'De spiegel hangt zo hoog.' Ze gaf het op en ging met haar rug naar me toe staan. 'Zie jij of mijn kont al dunner is?' vroeg ze nog nahijgend. Ze knikte door haar knieën en stak haar billen achteruit. Nou ja, wat er nog van over was.

'Straks heb je geen kont meer, alleen maar botten. Je broek zakt nu al bijna af.' Ik keek naar de donkerblauwe string die boven haar broeksband uitpiepte. 'Je moet echt niet meer lijnen, hoor.'

'Jaja.' Ze ging weer rechtop staan, hees haar truitje op en trok aan haar dunne blote vel. 'Nog twee kilootjes en dan stop ik.' Kreun! 'Jongens vallen niet op skeletten.'

'En al helemaal niet op dikke meiden.' Ze liet haar truitje weer zakken. 'Trouwens, ik heb toch een broodje gegeten? Met vette zalm nog wel.'

Ja, en daarom zwom die nu in de riolering van de wc.

MAG HET EEN ONSJE MEER ZIJN?

Volgens je vriendin heb je een prachtig figuur, maar jij vindt jezelf op miss Piggy lijken.
Wat nu? Diëten of lekker dooreten?
Wik en weeg met Glow!

BMI

Aan je Body Mass Index kun je zien of je een gezond gewicht hebt. Je hoeft alleen maar te weten hoeveel je weegt en hoe lang je bent. Verder is het een kwestie van je hersens of een rekenmachientje gebruiken.

Doe de som

lichaamsgewicht : (lengte x lengte)
Ofwel: deel je lichaamsgewicht door je lengte in het kwadraat.

Voorbeeldje

Stel: je weegt 60 kg en hebt een lengte van 1,70 cm.

a. 1,70 x 1,70 = 2,89

b. 60 : 2,89 = 20,8

c. Je Body Mass Index = 20,8

En de uitslag is…

Je BMI is lager dan 18,5:   *ondergewicht*
Je BMI is 18,5 – 25:   *gezond gewicht*
Je BMI is 25 – 30:   *licht overgewicht*
Je BMI is 30 – 35:   *overgewicht*
Je BMI is 35 – 40:   *stevig overgewicht*
Je BMI is hoger dan 40:   *zwaar overgewicht*

De verschillen

Let op: deze berekening is alleen maar een richtlijn! Hij houdt geen rekening met je leeftijd (voor heel jonge kinderen is hij niet geschikt) of je geslacht (meiden hebben meestal een hogere BMI dan jongens).

Inbreker

'Ik kan niet knippen met mijn zere vinger,' zei Marie-Fleur klagerig.

De tafel lag bezaaid met papieren met hondenartikelen, die Marscha uit de computer had gedraaid. We wilden een paar plaatjes voor de flyer gebruiken.

'Dan doe ik het wel.' Karin stak haar hand al uit.

Said duwde hem weer naar beneden en hield haar pols vast.

'Veel te gevaarlijk, schatje.'

(Karin was vreselijk onhandig en had al vaker in haar vingers geknipt.)

'Nou!' Marscha legde haar armen beschermend om Bertje heen. 'Straks vallen er nog gewonden.'

'Heus niet.' Karin probeerde zich los te wringen, maar Said was sterker.

'Hé Marie-Fleur, geef de schaar even deur,' rapte hij.

Ze reageerde niet en tuurde hevig geïnteresseerd naar de foto van een hond met een kluif.

Eerst dacht ik nog dat ze Said niet had gehoord. Sommige mensen kunnen zich zo goed concentreren dat je een kanon kunt afschieten zonder dat ze het merken.

'De schaar!' herhaalde Said op het volume van een stadsomroeper.

Toen wist ik het zeker. Ze negeerde hem expres.

'Zeg even tegen Marie-Fleur dat ze haar oren moet laten uitspuiten!' riep Karin tegen Tim.

Tim keek haar afkeurend aan. Toen griste hij de schaar bij Marie-Fleur vandaan en sjoelde hem over de tafel naar Said.

'Komt-ie!'

Pierre nam een close-up van Said, die met op elkaar geklemde kaken een plaatje uitknipte.

Marscha had de film *Beethoven's 5th* gehuurd. 'Komen jullie van-avond kijken?' vroeg ze aan Stanley en mij.
'Hij is wel een beetje kinderachtig,' zei ik.
Marscha kriebelde Bertje tussen zijn oren. 'Het was de enige die ik kon vinden met een hond erin.'
'Ik kan niet.' Stanley schepte ijsblokjes in een glas. 'Mijn oma is jarig en ze is dol op pukkelige kleinzonen.'
Verstandige oma!
'Maar jij toch wel? In mijn eentje is er niks aan.' Marscha pakte mijn hand vast. 'Blijf je meteen gezellig slapen.'

Dus zaten we 's avonds op Marscha's kamer en keken naar Beet-hoven. Tenminste, dat probeerden we, maar Bertje stond tel-kens voor het beeld.
'Binnenkort kom jij ook op tv en word je wereldberoemd,' zei Marscha trots.
Haar moeder kwam chips en sinas brengen. Marscha nam één chipje en voerde de rest aan Bertje.
'Ik zie, ik zie...' Ik tuurde in mijn glazen chipsschaaltje, zoals een waarzegster in haar bol. '...een moddervette hond en een meisje met het figuur van een soepstengel.'
'Bertje is niet dik!' riep Marscha gepikeerd.
'Nog niet. Maar als je zo doorgaat, winnen jullie die lookalike-wedstrijd dus nooit.' Ik staarde naar haar wespentaille. 'Straks breek je nog doormidden.'
'Zeur toch niet zo.' Marscha zette haar lege schaaltje met een klap neer. 'Het is míjn lijf.'
'En je bent míjn vriendin,' zei ik boos. 'Ik wil niet dat je ano-rexia krijgt!'

Stanley lag naast me in het zand en gaf me een zoen. Een hele natte en...

Ik werd wakker. Of misschien droomde ik nog, want mijn wang was écht nat en ik voelde Stanleys haren tegen mijn neus kriebelen. Jemig, wat stonk hij uit zijn mond!

Toen drong het pas tot me door. Ik was niet op het strand maar in Marscha's kamer. Bertje dweilde voor de tweede keer mijn gezicht met zijn tong.

'Viespeuk.' Ik duwde hem opzij en ging rechtop zitten.

Bertje zette zijn zware poten op mijn benen en jankte.

'Ssst, anders maak je Marscha ook nog wakker.' Ik keek naar de lichtgevende wekkerradio op het nachtkastje. Het was drie uur 's nachts.

Bertje walste over me heen en liep naar de deur. Hij jankte opnieuw, heel klaaglijk.

Shit, hij moest natuurlijk plassen.

'Marsch,' fluisterde ik toen toch maar.

Ze gaf geen sjoege. Haar dekbed leek net een molshoop, waar ze heel diep in was weggekropen.

Bertje piepte en begon aan de deur te krabben.

'Oké, oké, ik kom al.' Met tegenzin ritste ik de slaapzak open en stapte eruit. Ik trok mijn sokken aan en liep half op de tast om Marscha's bed heen.

'Zachtjes,' zei ik tegen Bertje, voordat ik de deurklink naar beneden duwde.

Boven het trapgat brandde een lampje. Bertje holde voor me uit, de overloop over en de trap af. Het was maar goed dat hij zelfs haar ónder zijn poten had. Dat werkte als een geluiddemper.

Ik sloop achter hem aan. Nog vier treden, nog drie...

Toen gebeurde het: IK HOORDE IEMAND KUCHEN EN HET KWAM VAN BENEDEN!

Het leek alsof mijn hersens uit mijn kop knalden. Om drie uur 's nachts kon dat maar één ding betekenen. Een inbreker! Daarom was Bertje natuurlijk wakker geworden. Honden hadden net zulke gevoelige oren als wolven.

Terug naar boven! gilde een stem in mijn hoofd.

Goed idee. Marscha's vader was sterker dan ik.

Ik ging een treetje hoger staan. Mijn knieën knikten en mijn zweterige hand plakte aan de leuning. Nog een treetje.

Toen klonk er een akelig piepend geluid.

Bertje! Hij had met zijn snuit de deur tussen het halletje en de kamer opengeduwd.

'Hier,' fluisterde ik.

Maar hij glipte de kamer al in.

Inbrekers namen soms giftige worsten mee om honden uit te schakelen! Als Bertje doodging, zou Marscha...

Mijn benen gingen de trap al af. In het halletje, onder de kapstok met jassen, stond een paraplu. Niet bepaald een bazooka, maar het was beter dan niks. Je kon er in elk geval mee slaan én steken. Ik pakte het handvat stevig vast. Dapper zijn! Denk aan Bertje!

Met een bonzend hart liep ik de donkere, stille woonkamer in. Wat een mazzel dat ik de paraplu bij me had! Ik gebruikte hem als blindenstok en manoeuvreerde veilig tussen de kast en de bank door.

Vanuit de keuken kwam een zacht lichtschijnsel. Een zaklamp, natuurlijk.

Ik haalde diep adem en stapte over de drempel, klaar om keihard te gaan gillen...

Huh?

Het licht kwam niet van een zaklamp maar uit de geopende koelkast. Bertje lag op de vloer en knauwde op een worstje. De keukentafel stond vol met kaas en koude pannenkoeken en een pot augurken en jam en hagelslag en brood. Er zat geen inbreker achter, maar Marscha. Ze propte drie plakjes gekookte ham tegelijk in haar mond.

**Problemen met je lijf,
je lover of je ouders?
Vraag Manja om raad!**
(Ook anonieme brieven
worden beantwoord)

Lieve Manja,
Mijn vriendin wil zo graag dun worden dat ze overdag bijna niets meer eet. Laatst heeft ze wel een broodje gegeten, maar toen moest ze ervan overgeven. En 's nachts heeft ze soms zoveel honger, dat ze bijna de hele koelkast plundert. Volgens mij heeft ze een eetstoornis. Wat moet ik doen?
Girly

Lieve Girly,
Als je vriendin een eetstoornis heeft, zal ze dat niet zomaar toegeven. Omdat ze ergens ook wel voelt dat het niet klopt, doet ze er juist van alles aan om het verborgen te houden. Probeer het toch bespreekbaar te maken. Wordt ze telkens boos als jij erover begint en wil ze het echt niet met jou over haar eetproblemen hebben, dan zit er maar één ding op: schakel een volwassene in. Je vriendin zal het je misschien niet in dank afnemen, maar dat is van latere zorg. Haar gezondheid staat op het spel en ze heeft dringend deskundige hulp nodig!
Manja

Lookalike

'Vraag even aan Marie-Fleur of ze de flyers heeft gekopieerd,' zei Karin tegen mij.

Ik piekerde er niet over. Marie-Fleur stond naast haar!

'Wie gaat ze uitdelen?' Marie-Fleur haalde een dikke stapel papier uit haar tas.

'Geef er maar een stel, dan doe ik het wel,' rapte Said.

Marie-Fleur was weer ineens doof en staarde bewonderend naar de flyers.

Tim rukte ze uit haar handen en gaf ze aan Said. 'Jullie doen al net zo debiel als mijn ouders,' zei hij geïrriteerd. 'Voordat ze gingen scheiden.'

Karin keek weer naar mij. 'Zeg maar tegen Marie-Fleur dat ik ook van haar ging scheiden als ik met haar getr...'

Het adertje op Tims slaap werd zo dik als een telefoonsnoer. 'Kappen!'

Ai! Karin beet op haar lip, maar ze durfde niets meer te zeggen. Niemand van ons, trouwens. We waren zwaar onder de indruk, want Tim werd bijna nooit kwaad.

Alleen Bertje trok zich nergens iets van aan. Hij duwde zijn neus tegen Marscha's kuiten en blafte.

'Ik doe het strand wel,' zei Marscha zacht. 'Dan kan ik meteen Bertje uitlaten.'

Ik knikte. 'En ik ga met Marscha mee.'

'Dan nemen wij de boulevard.' Said verdeelde de flyers onder het toeziend oog van de camera.

'Marsch,' zei ik, zodra we alleen waren.

'Je gaat niet weer lopen zaniken, hoor,' mopperde ze. 'Mijn oren doen nog zeer van vannacht.'

Nee, ik had een heel andere tactiek bedacht. Marscha luisterde toch niet. Na het inruimen van de koelkast was ze meteen in bed teruggekropen en had haar rug demonstratief naar me toe gedraaid: einde gesprek. Deze keer zou ik met keiharde bewijzen komen!

'Hier.' Ik gaf haar een artikel over eetstoornissen, dat ik had uitgeknipt.

'Wat zei ik nou?' riep ze toen ze de kop las.

'Ik zanik niet, ik geef je alleen maar een cadeautje.'

Ze wilde het papier al verfrommelen.

'Ik heb het uit Glow geknipt,' zei ik snel.

Alles wat uit Glow kwam, was heilig voor Marscha. Ze stopte het artikel in de zak van haar rokje en er kon zowaar een glimlachje af.

Het was alleen niet voor mij bedoeld...

'Moet je daar kijken, wat een lekkertje.' Ze haalde een flyer van de stapel en wandelde op hem af. 'Hé, jongen!'

Ik moest mezelf knijpen om het te geloven: het lekkertje leek als twee druppels water op Bertje! Hij was net zo breed als mijn kleerkast en bijna twee meter lang. Op zijn chocoladebruine hoofd torende een gigantisch afrokapsel met van die fijne krulletjes. Volgens mij was hij de afgelopen tien jaar niet meer naar de kapper geweest.

En het werd nog gekker!

Zodra de jongen op zijn vingers floot, kwam er een hazewind aangerend. Wat een spriet, zeg! Ik kon zijn ribben tellen. Zijn gladgeschoren blonde vel had een blauwige gloed.

Marscha gaf de flyer aan de jongen.

'Als jullie van hond ruilen, winnen jullie allebei!' riep ik.

WHAT'S EATING YOU?
Alles over eetstoornissen

Anorexia
Wat is het?
Meiden met anorexia zijn
op een ziekelijke manier bezig
met afvallen. Het beheerst hun
hele leven.
Hoe komt het?
Sommige meiden denken
dat ze er net zo uit moeten
zien als de graatmagere

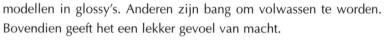

modellen in glossy's. Anderen zijn bang om volwassen te worden.
Bovendien geeft het een lekker gevoel van macht.
Hoe kun je het herkennen?
Iemand met anorexia is vaak somber of zelfs depressief. Ze zal eet-
situaties mijden. Of ze verstopt haar eten stiekem in een servet, zodat
jij denkt dat ze normaal gegeten heeft. Ook draagt ze meestal tentjur-
ken, zodat niemand kan zien dat er een wandelend skelet onder zit.
Wat nu?
Als er niet op tijd wordt ingegrepen, kan anorexia dodelijk zijn! Soms
is een ziekenhuisopname noodzakelijk, en in elk geval therapie en/of
medicatie.
Boulimia
Wat is het?
Meiden met boulimia hebben enorme vreetbuien. Daarna krijgen ze
spijt en steken hun vinger in de keel. Of ze gebruiken laxeermiddelen.
Hoe komt het?
Ze zijn onzeker en hebben een negatief zelfbeeld (ze zijn meestal
helemaal niet dik, ze dénken het alleen maar).
Hoe kun je het herkennen?
Dat is lastig, want een meisje met boulimia propt zich meestal vol als

niemand het ziet. Ze troost zich met eten. Daarna voelt ze zich zo schuldig dat ze alles weer uitbraakt.

Wat nu?

In extreme gevallen kan ook boulimia dodelijk zijn. Hoe sneller er ingegrepen wordt, hoe beter!

Dwangmatig eten

Wat is het?

Iemand eet de hele dag door en raakt in paniek als er geen eten in de buurt is.

Hoe komt het?

Deze meiden zijn verslaafd aan eten, vaak al van jongs af aan. Niet omdat ze trek hebben, maar om van hun onvrede af te komen (wat natuurlijk niet lukt). Ze vinden nieuwe situaties al snel spannend en eng. Hun dikheid kan een veilig gevoel geven, omdat ze zich erachter kunnen verschuilen. Ze denken: als ik maar dik en lelijk genoeg ben, hoef ik ook niet bang te zijn dat er een jongen verliefd op me wordt.

Hoe kun je het herkennen?

Dwangmatige eters zijn veel te zwaar (maar niet alle dikke mensen zijn dwangmatige eters!). Vaak denken ze slecht over zichzelf en gaan zichzelf steeds meer verwaarlozen. Ze wassen zich bijvoorbeeld niet meer of trekken alleen nog oude kleren aan. Ten slotte kan het al een opgaaf zijn om uit bed te komen.

Wat nu?

Er is sowieso medische zorg nodig omdat overgewicht kan leiden tot hartklachten, suikerziekte en allerlei andere problemen. Daarnaast zal de behandeling uit diëten en therapie bestaan.

Gloweetje:

Na elke maaltijd overgeven is niet alleen vreselijk ongezond maar ook nog slecht voor je tanden. Het braaksel tast het glazuur aan. Straks ben je misschien wel dun, maar zit je met een kunstgebit. Nog een reden om te stoppen dus!

Briefje 2

'Hij heet Brian.' Marscha zuchtte gelukzalig. 'Zijn haar is zo gaaf en zijn ogen... Net twee diepe, donkere meren.'
Diepe, donkere meren??? Ze moest dringend naar de elektroshocktherapie!
'Brian is dus echt de allerleukste jongen die ik ken,' zei ze.
'Je hebt drie minuten met hem gepraat!' Ik zuchtte ook, maar dan van vermoeidheid.
'En Haas is ook vet cool,' vervolgde Marscha onverstoorbaar.
'Alleen maar cool,' verbeterde ik. 'Hij is net zo mager als jij.'
Woef! deed Bertje. Alsof hij wilde zeggen: ik ben hier wel even hond nummer één!

Stanley moest naar de tandarts.
'Sterkte,' zei ik.
'Kusje voor geluk?' Hij trok me naar zich toe.
Hij smaakte lekker, naar tandpasta. Veel te snel lieten zijn lippen me weer los.
'Tot straks.' Hij verdween door de achterdeur.
'Doeiii!' riep Marscha.
Toen draaide ze zich naar Pierre en verkondigde in de camera: 'Zoenen is heel goed tegen gaatjes. Dat staat in *Glow*.'

Ik liep het terras op en...
Rastahaar-alert! schreeuwden mijn hersens.
Ditmaal balanceerde ze niet op de balustrade, maar zat op een stoel pal naast de deur.
Ik tikte met mijn pen op het blokje van de bestellingen. 'Zeg het maar.'

Ze tuurde met haar katachtige ogen door het raam naar de bar.
'Is Stanley er niet?'
'Nee.' Ik hoopte dat de tandarts héél lang gaatjes moest vullen.
'En hij blijft nog wel een poosje weg, ook.'
'Jammer.' Ze zette haar rugzak op haar schoot en maakte hem open. 'Doe dan maar een ijsthee.'
Ik liep naar de bar en gaf de bestelling door aan oom Rien. Het rastameisje had een schrift op de tafel gelegd en zat geconcentreerd te schrijven.
'Fay!' riep oom Rien.
Oh ja.
Ik zette het glas op mijn dienblad en bracht het weg.
'Bedankt.' Het rastameisje scheurde het blaadje uit haar schrift en vouwde het dubbel. 'Wil je dit aan Stanley geven?'
Mijn zintuigen stonden meteen op scherp. Ik móést het vragen: 'Jullie kennen elkaar van vroeger, hè?'
Ze legde het briefje op mijn dienblad. 'Ook, ja.'
Het bloed gonsde in mijn oren. Hoezo ook?
Ze haalde een piepklein portemonneetje tevoorschijn. 'Kan ik meteen afrekenen?'

Ik zat op de mayonaise-emmer in de keuken en draaide het briefje om en om.
'Lees nou!' drong Marscha aan.
Stel je voor dat iemand stiekem mijn brieven naar *Glow* las. Oeioei, wat zou ik razend zijn!
'Wel eens gehoord van privacy?' vroeg Safira.
Ik keek naar Pierre met zijn rotcamera. Privacy, ho maar.
Marscha haalde haar schouders op. 'Had ze hem maar in een dichtgeplakte envelop moeten stoppen.'
'En als Stanley erachter komt?' Ik wilde geen ruzie.
'Van mij zal hij niets horen.' Kimberley ritste haar mond zogenaamd dicht.

Ik deed net zolang over het dichtritsen van een slaapzak!
'Van jou misschien niet,' zei ik. 'Maar straks komt het wel op tv.'
'Toch zou ik het willen weten.' Marscha sabbelde op een blauwe
haarpiek. 'Wie weet wat er in staat. Voor hetzelfde geld vraagt
die trien verkering aan hem.'
Dat was de limit. Ik vouwde het briefje open.

Lieve Stanley,
Ik moet steeds aan vrijdagavond denken. Vooral aan die fantastische
afscheidszoen. Ik hoop je snel weer te zien.
xxx Daisy

'En?' hoorde ik Marscha roepen. Haar stem klonk heel ver weg.
Ik kon niet meer praten. Mijn tong zat achter in mijn keel geplakt.

Problemen met je lijf, je lover of je ouders? Vraag Manja om raad!
(Ook anonieme brieven worden beantwoord)

Lieve Manja,

Mayday, mayday! Ik denk dat mijn vriend is vreemdgegaan. Ik weet dat ik het eigenlijk moet uitmaken, omdat ik anders over me heen laat lopen. Maar ik wil hem niet kwijt en hij zegt dat hij alleen van mij houdt. Alleen, waarom zoent hij dan met andere meiden?

S.O.S. afz. Me

Lieve Me,

Je weet het dus niet zeker? Voordat je met het servies gaat gooien, zou ik eerst maar eens met je vriend praten. Wat is zijn kant van het verhaal? Misschien is het allemaal een misverstand. Heeft hij zijn jarige buurmeisje op haar wang gezoend en is er door de dorpstamtam een sappig verhaal van gemaakt. Vertel hem wat je hebt gehoord en vraag (rustig) of het echt waar is. Als hij schuld bekent, zul je zelf moeten beslissen of je het uitmaakt of hem toch nog een (laatste!) kans geeft. In het tweede geval: vertel hem duidelijk wat je van zijn gedrag vindt en geef aan dat hij je vertrouwen zal moeten terugverdienen. Ontkent hij alles en heb je toch het gevoel dat hij liegt, vraag dan door. Net zolang tot je hem gelooft. Als je hem blijft wantrouwen, zal jullie verkering namelijk niet lang standhouden. Sterkte!

Afz. Manja

De liefde-of-leugen-test

'Vrijdagavond.' Marscha zat op haar hurken naast me en aaide mijn rug. 'Toen was hij toch naar zijn jarige oma?'

Ik knikte, mijn hoofd leek wel een tientonner. 'Dat zei hij, ja.'

Safira sneed soepgroente met een mes op een plank. 'Mannen die vreemdgaan verzinnen altijd smoesjes.' Na iedere lettergreep klonk het 'tjak' van het mes.

'Stanley heeft nog nooit tegen me gelogen,' fluisterde ik.

Marscha stopte ineens met aaien. Ze kneep.

'Au!'

'Die Daisy-trut is natuurlijk verliefd op Stanley!' riep ze blij, alsof dat goed nieuws was.

'Dat lijkt me wel ja,' zei Safira droogjes. 'Anders zou ze hem niet zoenen.'

'Maar misschien is het niet echt gebeurd!' Marscha sprong overeind. 'Misschien heeft ze dat briefje expres aan Fay gegeven om haar en Stanley uit elkaar te drijven.'

Als dat toch eens waar was! Ik deed meteen drie schietgebedjes naar het plafond.

'Dat zijn wel heel veel misschiens.' Safira liet de groente in de pan plonzen. 'En hoe wilde je daarachter komen?'

'Met de liefde-of-leugen-test!' Marscha danste als een stuiterbal door de keuken. Pierre moest enorm zijn best doen om haar met zijn camera bij te houden.

'Het werkt als volgt: zodra Stanley terugkomt, geef je hem het briefje. Dichtgevouwen, want je hebt geen idéé wat erin staat.'

Mijn wenkbrauwen wipten omhoog.

'Dat hoort bij de test,' zei ze ongeduldig. 'Mogelijkheid één: Stanley reageert verbaasd en laat het briefje meteen aan jou

lezen. Dan is er sprake van ware liefde en is hij onschuldig.'
'En mogelijkheid twee?' Er zat een prop voor mijn stem.
'Dan liegt hij je voor en moet je het uitmaken!' riep ze beslist.
'Als Brian me zoiets zou flikken...'
Hallo! Ze had nog niet eens verkering met hem!

Stanley zag er vreselijk zielig uit.
'Een zenuwbehandeling,' zei hij met zijn hand tegen zijn wang.
Ik kon ook wel een zenuwbehandeling gebruiken. Met trillende
handen pelde ik het briefje uit mijn zak. 'Dit moest ik aan jou
geven, van eh... een klant.'
Hij glimlachte als een boer met kiespijn. 'Nu al fanmail? We
zijn nog niet eens op tv.'
Marscha gaf me een por. 'We weten niet wat erin staat.'
'Nee, dat weet ik niet,' zei ik braaf. Meteen voelde ik de vlam-
men uit mijn gezicht slaan.
Stanley zag het niet. Hij staarde met een frons in zijn voorhoofd
naar het briefje.
Een verbaasde frons? Ik durfde amper nog adem te halen.
Marscha's antennetje werkte meteen, ze pakte mijn hand vast
en streelde hem met haar duim.
'En?' Het leek alsof er een spijker in mijn keel zat.
'Niks bijzonders,' zei Stanley. 'Allemaal onzin.'
Allemaal onzin, echode het in mijn oren.
Maar toen propte hij het briefje in zijn broekzak!
'Uitmaken,' fluisterde Marscha, met haar neus in mijn haar.
Ik kneep haar vingers bijna aan gort.
'Kan ik even met je praten?' vroeg ik aan Stanley.
'Zonder camera.' Marscha knikte naar Pierre.
'Sorry, mop, maar we mogen alles in DST filmen. Lees het con-
tract er maar op na.'
'Dan gaan Fay en Stanley nu even wandelen,' zei Marscha.

Zodra Stanley zijn arm om me heen sloeg, veranderde ik in een plank.

'Wat is er nou toch?' vroeg hij.

Hallo, alsof hij dat niet op zijn klompen kon aanvoelen. Nou ja, op zijn sneakers.

Ik bukte, zogenaamd om een schelp op te rapen. Zo, die arm was ik tenminste kwijt.

Stanley ging voor me op zijn hurken zitten en schoof zijn zonnebril omhoog.

Niet in zijn mooie blauwe ogen kijken!

Ik staarde naar een pukkel op zijn neus. Het was nog steeds een van de mooiste pukkels die ik ooit had gezien.

'Heeft het soms met dat briefje te maken?' vroeg hij zacht.

Soms, wel ja! Ik klemde mijn tanden zo stevig op elkaar dat mijn vullingen knarsten.

'Toverfay, zeg nou iets.'

'Als je het toch zo goed weet.' Ik perste de woordjes uit mijn keel.

'Maar ik heb helemaal niet met Daisy gezoend!' riep hij uit.

Haar naam werkte als een rode lap op een stier.

'Je kende haar van vroeger, zei je!' schreeuwde ik. 'Vrijdagavond is niet van vroeger, maar van nu! En ik heb het wel gezien, hoor, toen jullie samen op het terras...' Oh, wat haatte ik hem, ik stikte bijna. 'En jij maar zeggen dat je naar het feestje van je oma moest. Nou, ik trap niet meer in je smoesjes, ik...'

Niet janken, niet janken.

Toen huilde ik toch nog.

Zijn hoofd kwam dichterbij. Zo dichtbij, dat ik wel in zijn blauwe ogen móést kijken. Ik zag zelfs de groene spikkeltjes erin. Wazige spikkeltjes.

'Ik heb écht niet met haar gezoend,' zei Stanley. 'Ik hou toch alleen van jou?'

Hij had het H-woord gezegd!

Ik verloor mijn evenwicht en viel met mijn billen in het zand.
'W-Waarom vertelde je dan niet gewoo-hoon wat er in dat briefje stond?'
Hij gaf me een zakdoek. 'Omdat ik bang was dat je jaloers zou zijn.'
'Ik ben niet jaloe-hoers,' snikte ik.
'Nee, dat merk ik.'
Ik lachte door mijn tranen heen en snoot vlug mijn neus.

EYE-CATCHERS
**Oogstrelende opmaaktips
van Glow**

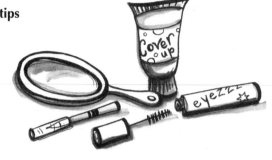

Kringen en wallen

Heb je een feestje
gehad en is het
nogal een latertje
geworden? Kringen
kun je verdoezelen met
dunne, vloeibare camouflagecrème (zachtjes kloppend opbrengen)
of een camouflagestift. Neem één tint lichter dan je eigen huidskleur.
Wallen kun je laten slinken door er wat aambeienzalf op te smeren
(het best bewaarde geheim van Hollywood, let er alleen wel op dat
je ver genoeg uit de buurt van je ogen blijft!). Maar voorkomen is natuurlijk beter dan genezen: zorg voor voldoende nachtrust en drink
veel water.

Oogschaduw

Kies een kleur die bij je ogen past. Overdag zijn natuurlijke tinten
mooier, maar in de disco mogen je ogen lekker knallen. Goud is gla-
mour. Bij blauwe ogen zorgen roodachtige tinten met een blauwe
ondertoon voor een mega-look. Bruine ogen lijken nóg bruiner als je
koele tinten (zoals blauw of violet) gebruikt. En grijze ogen worden
extra doordringend als je ze lila of gelig kleurt. Groene ogen? Ga dan
voor een oogschaduw in terrakleur!

Kohl

Kohl maakt je ogen extra sprekend. Trek je ooglid naar beneden en
leg het potlood plat op de ooglidrand. Laat het lijntje tot aan je traan-
buisje lopen, en dus niet helemaal tot aan je neus (anders krijg je
zwarte soep in je ogen). Let op: doe dit nooit met eyeliner of een
wenkbrauwenpotlood! Daar zitten geen desinfecterende kohlstoffen
in, zodat je een lelijke oogontsteking kunt oplopen. Vind je het eng
om de binnenrand van je ooglid te kleuren, dan kun je natuurlijk ook

een streepje ónder de rand trekken. Even bijwerken met een watten-staafje en klaar ben je.

Eyeliner

Het is zowel als potlood als in vloeibare vorm verkrijgbaar. Trek een lijn vanuit de binnenooghoek tot halverwege het bovenooglid. Daar-na vanuit de buitenooghoek ook tot halverwege. Span hierbij het ooglid een beetje. Je kunt een eyeliner in dezelfde kleur als je oog-schaduw nemen, maar ook juist een contrasterende kleur gebruiken.

Mascara

Mooie, volle wimpers zorgen voor de finishing touch. Er zijn tegen-woordig allerlei mascararollers op de markt. Waterproof (handig in het zwembad), long lashes (met fluweel of vilt om dunne wimpers een voller effect te geven) of de dramatic look (voor de oogopslag van een filmster.) Borstel je wimpers na het aanbrengen van de mas-cara met een speciaal spiraalborsteltje droog. Anders heb je kans dat ze nog afgeven en lijk je straks op Zwarte Piet.

Over Daisy

'Ik heb drie weken verkering met Daisy gehad,' vertelde Stanley. 'Man oh man, wat was dat verschrikkelijk.'
Verschrikkelijk! dacht ik.
'Ze was vreselijk klef, ik kon nog geen stap zonder haar verzetten. Na een week wilde ze al dat ik haar ouders zou ontmoeten. Volgens mij had ze al een trouwjurk in de kast hangen.'
Ik grinnikte.
'Lach maar.' Stanley pakte een handje zand en mikte het tegen mijn knie. 'Ik zat er mooi mee. En toen ik het eindelijk had uitgemaakt, bleef ze me achtervolgen. Ze wachtte me op bij de Happy Corner en duwde briefjes in de bus.'
'Ik haat briefjes,' zei ik.
Vooral van ex-vriendinnen of over sterallures.
Stanley haalde Daisy's brief uit zijn broekzak en scheurde hem in stukjes. Ze vlogen als sneeuwvlokjes weg in de wind.
'Is het nou weer goed?' vroeg hij.
'Eén dingetje nog.'
'U vraagt, wij draaien.'
'Als je zo'n hekel aan Daisy hebt…' Ik dacht weer aan zijn scheve lachje. 'Waarom zat je dan zo gezellig met haar te kletsen op het terras?'
Stanley legde zijn hand op mijn been. 'Ze zei dat ze er spijt van had dat ze zich zo belachelijk had gedragen, en ik was hartstikke opgelucht dat ze weer normaal deed.'
Ik kreunde. 'Had dat dan meteen gezegd!'
'Je was al jaloers. Als ik ook nog had verteld dat Daisy mijn exliefje was…'
Ik gooide een handvol zand in zijn haar.

'Kreng!' Stanley duwde me omver en kwam boven op me liggen.
'Ik word geplet!' schreeuwde ik.
'Eerst genade smeken, dan laat ik je los.'
Ik schudde woest mijn hoofd.
'Genade of een zoen.' Zijn mond kwam dichterbij, zodat zijn pony als een afdakje boven mijn ogen hing.
Ik zuchtte. 'Doe dan maar een zoen.'
Hij likte mijn lippen alsof het ijsjes waren.

Hand in hand slenterden we terug naar DST.
'Nu al genezen van je tandartsbezoek?' vroeg Safira.
Stanley knikte. 'Fay is net zo bedwelmend als een narcose.'
Marscha keek me vragend aan.
'Je liefde-of-leugen-test klopt niet,' zei ik. 'Er is ook nog een mogelijkheid drie.'

'Het affiche hangt!' riep Tim. 'Komen jullie kijken?'
Aan de balustrade wapperde een vel van minstens twee bij twee.
De laatste zaterdag van september in DST
The super boss-and-doggy-day!
Met een lookalike-contest voor bazige honden en hondse baasjes
Doe mee of kom kijken en stém!
Gratis hotdog voor elke bezoeker
De tekst stond op Bertjes buik. Tim had hem perfect nageschilderd, in een regen van sterren en nóg groter dan hij al was.
'Wat mooi.' Kimberley gleed met haar vinger over een ster.
'Zouden honden ook sterallures kunnen krijgen?'
Sterallures. Jakkes, nu moest ik wéér aan het dreigbriefje denken.
Daisy had ook bruin haar!
'Mag ik hem na afloop?' vroeg Marscha aan Tim. 'Dan kan ik hem boven mijn bed hangen.'
'Moet je wel eerst naar een kasteel verhuizen,' zei Stanley.
'Of bij Marie-Fleur intrekken.' Karin klonk een tikkeltje vals.

GLOWS KOOKTIP VAN DE WEEK
Hotdog van de BBQ

Wat heb je nodig?
8 witte broodjes
1 zakje wijnzuurkool
1 rode paprika
5 eetlepels mayonaise
½ eetlepel mosterd
2 eetlepels olijfolie
1 blik hotdog worstjes
Een barbecue

Hoe maak je het?
1. Laat de zuurkool uitlekken.
2. Haal de zaadjes uit de paprika en snijd de rest in blokjes. Schep de blokjes door de zuurkool.
3. Meng de mayonaise met de mosterd tot een romig sausje.
4. Bestrijk de hotdog worstjes met de olie en leg ze op de barbecue.
5. Snijd de witte broodjes open. Besmeer ze met de mayonaise/mosterdsaus. Leg er de zuurkool met paprikablokjes tussen én een warm hotdog worstje.
6. Broodje dichtklappen en meteen serveren.

Bon appétit!

In therapie

'Een wedstrijd met honden?' riep Safira. 'Over mijn lijk!'

'Het is maar één dag,' suste oom Rien.

Ze stond wijdbeens voor hem en zwaaide met de gasaansteker. Ik verwachtte bijna dat ze 'handen omhoog of ik schiet' zou gaan zeggen, want ze leek precies op een revolverheldin uit een western.

'Dan neem ik die dag dus vrij,' zei ze.

'Maar dan is het juist hartstikke druk.' Oom Rien sjorde zenuwachtig aan zijn werkmansbroek.

Marscha trok de gasaansteker uit Safira's vingers. 'Toe nou, we kunnen echt niet zonder jou.'

De kietelmethode! Ik ging snel aan de andere kant van Safira staan. 'Marscha heeft gelijk, niemand maakt zulke lekkere hotdogs als jij.'

Ik durfde te zweren dat Safira tien centimeter groeide.

'Je zult zien hoe leuk het wordt,' zei Marie-Fleur.

Oom Rien knikte zonder ophouden.

'Grote honden, kleine honden,' rapte Said. 'Breng ze mee, naar DST!'

Safira kromp acuut weer in elkaar. 'Ik haat honden.'

'Haat honden?' Karin keek alsof ze Safira zou gaan bijten.

'Omdat ze bang voor ze is.' Ik vertelde van de rottweiler.

'Tien hechtingen.' Safira liet het litteken op haar knie zien.

Pierre filmde de witte lijntjes van heel dichtbij.

Stanley schraapte zijn keel. 'Vroeger was ik altijd bang voor het paard van Sinterklaas.'

Ik stelde me voor hoe hij er als klein jongetje had uitgezien. Zooo schattig.

'Tot ik een ritje op zijn rug heb gemaakt,' vervolgde hij. 'Toen was ik in één klap over mijn angst heen.'

Karin grinnikte. 'En nu wil je Safira een ritje op Bertje laten maken?'

'Echt niet!' riep Marscha. 'Dan krijgt hij een hernia.'

Ik dacht aan de brief die ik naar *Lieve Manja* had geschreven. 'Ik weet iets veel beters,' zei ik. 'Safira moet in hondentherapie!'

'We zijn er helemaal klaar voor!' riep Marscha vanuit het bargedeelte. Ze stond met Bertje voor de deur met het patrijspoortje.

'Oké, dan gaan we beginnen.' Ik leidde Safira van het aanrecht naar de deur, terwijl de camera ons volgde.

'Kunnen we het niet eerst met een kleiner hondje proberen?' vroeg ze benauwd.

'Er kan niks gebeuren,' suste ik. 'Wij blijven gewoon in de keuken. Je hoeft alleen maar door het raampje te kijken.'

Safira drukte haar neus tegen het glas. 'Wat een monster.' Haar stem trilde.

'Een kóékjesmonster.' Ik kneep geruststellend in Safira's arm. 'Die lusten geen kokkinnen.'

Marscha liep met Bertje heen en weer.

'Zie je nou wel?' Ik probeerde als een echte therapeute te klinken. 'Er is niets aan de hand. Bertje is een goedzak, die doet niemand kwaad.'

'Jaja, dat zei die baas van die rottweiler ook,' mompelde Safira, maar ze was niet meer zo gespannen als eerst.

'Stap twee!' riep ik tegen Marscha.

Ze ging op de grond zitten en knuffelde met Bertje. Hij kwispelde vrolijk en duwde haar met zijn grote lijf omver.

Safira kneep haar ogen dicht.

'Blijven kijken,' zei ik streng. 'Bertje speelt alleen maar.'

Pfff, ze keek weer. Vijf minuten. Tien minuten. Marscha rollebolde met Bertje over de vloer.

Uit Safira's keel ontsnapte een zuchtje. 'Eigenlijk valt het best mee.'

'Goed zo.' Ik gaf haar een schouderklopje. 'Dan gaan we nu oefenen zonder deur tussen ons in.'

Zodra we Safira op het terras hadden geïnstalleerd, keek ze nerveus om zich heen.

'Misschien moet je haar aan de ketting leggen,' stelde Karin voor. 'Zodat ze niet op de vlucht kan slaan.'

'Kan iemand alsjeblieft haar mond even dichtnaaien?' vroeg Safira.

'Ik weet een betere tactiek.' Said plakte zijn lippen aan die van Karin vast.

Marie-Fleur keek in de camera. 'Zoentherapie, daar word je stil van.'

'Het is een realitysoap, hoor,' zei Tim lachend. 'Geen reclamespotje.'

Toen kwam Marscha met Bertje naar buiten en werd Safira ook heel stilletjes.

'Ze gaan naar het strand,' zei ik. 'Jij zit hier lekker hoog en veilig.'

Na een kwartiertje observeren was Safira klaar voor de volgende fase.

'Doe dat straks maar,' zei oom Rien. 'Tafel zes wil een portie bitterballen.'

**Problemen met je lijf,
je lover of je ouders?
Vraag Manja om raad!**
(Ook anonieme brieven
worden beantwoord)

Lieve Manja,
Mijn vriendin neemt haar hond elke dag mee naar de strandtent waar
wij werken. Maar is dat wel een gezonde omgeving voor hem? En
weet jij of honden ook longkanker kunnen krijgen?
Groetjes van een animallover

Lieve animallover
Het is juist goed dat je vriendin hem mee naar haar werk neemt!
Honden zijn gezelligheidsdieren. Ze worden vooral ziek als je ze
vaak alleen laat. Natuurlijk is het wel belangrijk dat ze regelmatig
met hem gaat wandelen. Het strand is de perfecte plek voor wat li-
chaamsbeweging. Verder loopt hij niet meer risico dan jullie. Wordt
het al te rokerig, geef hem dan een plekje op het terras.
Groetjes van Manja

Hap!

Het was na sluitingstijd. Oom Rien ruimde de bar op en Stanley veegde het terras. Marscha en ik hadden samen met Safira de keuken geboend.

'Zo, die blinkt weer als een spiegel.' Safira knoopte haar jas dicht en pakte haar tas.

Ik knikte naar Marscha. 'Hondentherapie.'

Ze floot op haar vingers om Bertje te roepen en verdween alvast naar buiten.

De rest van de cast zat aan een tafel bij het raam. Ze waren bezig met de planning voor de *boss-and-doggy-day*. Tim legde zijn pen neer, bewoog met zijn vingers en mompelde iets over kramp in zijn graffitihand.

'Je moet de tijd er nog bij zetten,' zei Marie-Fleur bazig.

'Woef,' deed Karin.

Meteen ging er een schokje door Safira heen.

'Zal ik haar de mond nog een keertje snoeren?' bood Said aan.

Hij tuitte zijn lippen al en boog zich naar Karin, zodat Pierre de zoveelste televisiekus van de eeuw kon filmen.

Ik vroeg me af of je ook kramp in je tong kon krijgen.

Safira en ik liepen samen de trap af. Zodra ze Bertje langs de branding zag rennen, verstrakte haar gezicht.

'Kom op, doorzetten. Je kunt het.' Ik voelde me net een voetbalcoach. 'Voor je het weet zijn we bij de boulevard.'

Ze trok haar hoofddoek recht en haalde diep adem.

Marscha kwam naar ons toe, met Bertje in haar kielzog.

'Wat is hij wild,' zei Safira zonder hem ook maar een seconde uit het oog te verliezen.

Marscha gaf haar een tak. 'Hier, gooi die maar weg, dan kan Bertje hem halen.'

Safira leek wel een discuswerpster, de tak vloog bijna helemaal tot aan Zeezicht. Bertje holde er met flapperende oren achteraan en wij volgden in een slakkengangetje.

Toen gebeurde er iets verschrikkelijks! Safira knalde ineens keihard voorover en iemand in een joggingpak spurtte voorbij. Ik kon zijn hoofd niet zien, want hij had zijn capuchon op.

'Kun je niet uitkijken?' riep Marscha boos.

'Tas,' kermde Safira, die languit in het zand lag. Ze tilde haar arm op en wees.

Toen zag ik het pas: de jogger had haar tas gepikt!

'Geef terug, rotzak!' schreeuwde Marscha en ze holde achter hem aan.

Ik knielde bij Safira en hielp haar overeind. 'Gaat het?'

'Mijn tas,' zei ze wanhopig. 'Alles zit erin.'

Ik gaf haar een klopje op haar hand. 'Marscha haalt hem wel in.'

Maar Marscha liep steeds langzamer en langzamer. Ze zag eruit alsof ze elk moment kon neerstorten.

'Wat is er gebeurd?' klonk het achter ons.

Stanley! Hij had de bezem nog in zijn hand.

'Safira's tas is gestolen.' Ik knikte in de richting van Zeezucht. 'Die jogger in dat grijze pak.'

Stanley stormde met de omhooggestoken bezem achter de dader aan.

Zorro, de wreker, dacht ik.

'Dat redt hij nooit meer,' mompelde Safira.

Stanley haalde Marscha in. Toen zag hij Bertje lopen en begon te schreeuwen: 'Bertje, pak hem!'

Bertje was een speurhond van niks, maar wel een fantastische boevenvanger! Hij liet de tak uit zijn bek vallen en ging in de hoogste versnelling achter de jogger aan.

Nog tien meter, nog vijf meter. Het was de spannendste wedstrijd die ik ooit had gezien.

Hap! Bertje had een broekspijp te pakken. De dief verloor zijn evenwicht en viel op de grond. De tas gleed weg en de complete inhoud floepte eruit.

'Mijn portemonnee,' stamelde Safira en ze strompelde eropaf.

Bertje had het gevecht met de broekspijp gewonnen en hield het stuk stof als een trofee tussen zijn tanden. De jogger krabbelde meteen omhoog.

'Hou hem tegen!' riep Stanley, nog steeds in volle vaart.

Het leek wel of er een motortje op de jogger zat. Hij nam de trap naar de boulevard met drie treden tegelijk en verdween uit het zicht. Stanley had het nakijken.

Je zou denken dat Marscha minstens een marathon gelopen had. Haar hoofd glom van het zweet en ze hoestte zich suf. 'Sorry, mijn conditie...'

'Vind je het gek?' mopperde ik. 'Als je niet eet.'

Bertje legde de grijze lap stof voor onze voeten.

'Bewijsstuk,' zei Marscha hijgend.

Ik zag Safira al op het politiebureau zitten: 'De dader is dus een man met een gat in zijn joggingbroek.'

Stanley kwam met opgeheven armen de trap af en schudde zijn hoofd.

'De dief is ontsnapt,' zei ik teleurgesteld tegen Marscha. 'Kom, we gaan Safira helpen.'

Ze zat op haar knieën in het zand en stopte haar spullen terug in de tas. 'Alles is er nog!' riep ze opgelucht.

Bertje ging met zijn dikke kont voor haar zitten en blafte goedkeurend.

Ai, dit was ineens therapie van wel heel dichtbij.

Safira bewoog haar mond.

Nu gaat ze gillen, dacht ik.

Maar ze zei volkomen rustig: 'Je hebt een medaille verdiend.'
Toen sloeg ze haar armen om Bertje heen en gaf hem een smak-
kerd op zijn kop!

**Problemen met je lijf,
je lover of je ouders?
Vraag Manja om raad!**
(Ook anonieme brieven
worden beantwoord)

Lieve Manja,
We waren laatst getuige van een tasjesroof. Nu ben ik de hele tijd
bang dat mijn tas ook gejat wordt. Heb jij nog goede tips om dat te
voorkomen?
Vraagtekentje

Lief Vraagtekentje,
Hier komen ze:
1. *Neem zo min mogelijk kostbare spullen of pasjes mee als je de
   deur uitgaat. Alleen datgene wat je echt nodig hebt.*
2. *Pin alleen kleine bedragen. Let erop dat niemand meekijkt als jij
   je code intoetst, en schrijf hem ook nooit ergens op (ook niet in je
   agenda, vermomd als telefoonnummer).*
3. *Je portemonnee kun je het beste in je binnenzak stoppen, achter
   een díchte ritssluiting.*
4. *Let op: zakkenrollers werken vaak met zijn tweeën. Terwijl de een
   je aan de praat houdt, slaat de ander zijn slag.*
5. *Tastips: draag hem niet aan de straatzijde (makkelijke prooi voor
   dieven op de fiets) en zorg ervoor dat de sluiting tegen je lichaam
   rust. Laat hem nooit ergens onbeheerd achter. Ook niet in een pas-
   kamer terwijl jij in de winkel voor de spiegel paradeert.*
*Probeert toch iemand je tas af te rukken? Blijf hem niet koste wat het
kost vasthouden. Gewond raken is nog altijd erger!*
Manja

Het sms'je

En toen was het zover: de *boss-and-doggy-day*. Met zulk stralend weer dat je gemakkelijk in een badpak kon rondlopen.

Maar die gekke Marscha droeg een bruine, harige jas waar ze bijna in verdronk. Pierre filmde haar meteen van top tot teen.

'Is dat echt bont?' vroeg Marie-Fleur.

Ik moest meteen aan doodgeknuppelde zeehondjes denken.

'Echt nepbont.' Marscha aaide de kraag. 'Hiermee ga ik de look-alike-contest winnen.'

'Dat je het uithoudt in dat ding.' Karin had een soort bovenstukje van een bikini aan, maar dan eentje met mouwen. 'Ik pik het nu al af van de hitte.'

'Over afpikken gesproken.' Tim keek ons vragend aan. 'Heeft de politie die tasjesdief nog kunnen vinden?'

Marscha sloeg de jas nog dichter om zich heen alsof ze het koud had. 'Nee, en dat zal wel niet lukken ook. We hebben niet eens een signalement.'

'Behalve dan dat grijze joggingpak,' zei ik.

Een uurtje later leek DST eerder op een hondenasiel dan op een strandtent. Alleen de keuken was verboden terrein, want volgens Safira was ze 'therapeutisch' nog niet toe aan meer honden tegelijk.

Marscha ging voor de zoveelste keer op de balustrade staan en speurde rond. 'Brian zal toch wel komen?'

'Maak je niet druk, de wedstrijd begint pas...' Mijn tong veranderde in een slak.

'Is er iets?' vroeg Marscha.

En of er iets was!

'Daisy.' Ik wurgde het woordje uit mijn keel.

'Waar? Waar?' Marscha leunde zwaar op mijn schouder.

'Daar, dat meisje met dat rastahaar.'

'Met die tekkel?' Marscha wees.

'Niet wijzen,' fluisterde ik.

Marscha deed haar arm weer omlaag. 'Hoe durft ze nog naar DST te komen?'

Ik dacht aan het blowverbodsbord dat sinds kort op de boulevard stond. Waren er ook maar anti-Daisy-borden, dan konden we er een op het terras zetten.

De tekkel kwam met zijn korte pootjes de trap niet op. Daisy moest hem dragen.

'Je zult maar zo'n gestoord bazinnetje hebben,' zei Marscha.

Doodknuppelen, dacht ik.

Marscha sprong van de balustrade. 'Kom, we gaan haar eens even een lesje leren.'

'Doe dat nou nie-hiet.' Ik klemde mijn handen om haar arm. Door de harige mouw voelde die ook als een tekkel. 'Oom Rien wil dat we altijd beleefd tegen de klanten blijven.'

'Maar je moet het wel tegen Stanley zeggen.'

'Echt niet! Ik wil dat hij minstens een kilometer uit Daisy's buurt blijft.'

Said stond net met een grote schaal hotdogs in zijn handen, toen zijn mobiel overging.

'Laat mij maar even,' zei Karin.

Hij stak zijn heup naar voren zodat ze beter bij zijn broekzak kon.

'Geen ongewenste intimiteiten op het werk,' waarschuwde oom Rien.

'Het is hartstikke gewenst.' Said grijnsde.

Karin tuurde op het schermpje van zijn mobiel. 'Een sms'je. Zal ik het voorlezen?'

Ik dacht aan het briefje van Daisy en kreeg een akelig voorge-
voel.

'Doe maar.' Said gluurde over de toren van broodjes.

Karin drukte op een toetsje. 'Wat een raar bericht. Er staat:
waar is je grijze joggingbroek?'

Pierre zoomde in op het mobieltje.

'De tasjesdief droeg een grijze joggingbroek,' zei Marie-Fleur.

Karin keek haar strak aan. 'Ja, en?'

'Misschien denkt degene die dat sms'je heeft verstuurd dat
Said...' begon Marie-Fleur.

'Ik draag trainingspakken!' riep Said snel. 'Dat is heel wat anders.'

'En je hebt een alibi.' Tim pakte een broodje van de schaal en
beet erin. 'De planning, weet je wel?' Het klonk als 'dwe pwen-
ning', maar dat kwam door zijn volle mond.

'Dit is al de tweede keer dat Said vals beschuldigd wordt.' Karins ogen vlogen weer naar Marie-Fleur.

'Ik heb dat sms'je niet verstuurd!' Marie-Fleur kleurde tot in
haar nek.

Die heeft voorlopig geen rouge meer nodig, dacht ik.

Karin gaf haar een jaja-blik. 'Met die ring verdacht je hem anders ook.'

'Het spijt me,' piepte Marie-Fleur. 'Maar ik was het echt niet.'

Marscha blies een blauwe kauwgombel en liet hem klappen.
'Maar wie dan wel?'

'Staat het nummer er niet bij?' vroeg Kimberley zacht.

Oh ja, zij en Pierre waren er ook nog.

Karin tuurde al naar het schermpje. De scharnieren van haar
kaken waren ineens kapot.

'En?' vroeg Marscha opgewonden.

Karin gaf haar de telefoon.

'Hè?' Marscha knipperde met haar ogen. En nog eens en nog eens.

'Wat?' vroeg ik.

'Dat is mijn nummer,' antwoordde Marscha hees.

SMS VOOR BEGINNERS
Snelcursus in sms-taal van Glow

Naar je lover
Allerliefste: ALLFSTE – Ben echt verliefd: B-E-V – Bezegeld met een liefdevolle kus: SWALK – Ben je op mij?: BJOM? – Denk aan je: DAJ – Dikke kus: DK – Dikke vette tongzoen van mij: DVTVNMII – Hou van je: HOUFNJOU of HVJOH of HVJOU – I love you: ILY of LU – Ik ben gek op je: GOBJE of MAY – Ik wil vrijen: 1-1 – Jij bent super sexy!: YA SS! – Knuffel en kus: KNISSEL of KNUS – Kus: X of XIZZ of KUZZ of K of KISZZZZZZ of K(U)S – Liefde: LFDE – Mis je: M=JE – Schat: SGT of $*@TT – Schatje: QT of SKAT of SJATJE of DUSHI of DOESSIE – Veel liefs en kusjes: VL+XX – Verkering: VK – Verliefd: LOVE of VLIEFT of FLIEFT

Schoolse zaken
Superirritante leraren: SUL – Aardrijkskunde: AK – Biologie: BIO – Cijfer: CFR – Delen: DEL& – Diploma: DPLM – Drukke tijden: BSBH – Directeur: DRCTR – Dyslexie: DSLX – Economie: ECO of ECNM – Einde les: EOL – Examen: EXMN – Hoofdletters: CAPS – Huiswerk: HW – Hulpwerkwoord: H.W.W. – Ik verveel me: BLAAT of BLUB of IVM – Natuur/scheikunde: N/S – Nederlands: FLAG – Proefwerkweek: PWW – Studiefinanciering: STUFI – Tekst: TXT – Totale tijdverspilling: CWOT – Wiskunde: WI – Veel plezier op school: SCHOOLSE

Allerlei groetjes
Blij je te zien: GTSY of GTSU – Dag: DG – De groeten: GREETZ of D&G – De mazzel: DMZZL of TMZZL – Doei: BBN of MZZL of ChûZ of CIAO of B@IB@I – Goedenacht: GDN8 – Groetjes: GR of GRTJS – Hallo: HLL of LO – Hey: EEEYYYZZZZZ – Hoe gaat het: HOEIST of

HOESSIEJJJ of HOESTY? of WATZ_UP? – Hoi: MOH of JEEEW of HI of EJ – Ik zie je: XI-J of XIE JE of IXJE – Ik zie je later: CU L8ER of SUL – Slaap zacht: SL@ Z8 of SLP Z8 – Acht uur bij jou: 8BJ

Roddelen met je vriendinnen

Alleen uit nieuwsgierigheid: JOOC – Alleen voor jouw ogen bestemd: FYEO – Angst, onzekerheid en twijfel: FUD – Begin je het te begrijpen?: UGTI – Bemoei je met je eigen zaken: MYOB – Daar ga ik van over mijn nek: SUFID – Dat heb ik zo niet gezegd: TINWIS – Echt vaag: VV – Er volgt meer: MTF – Ex: X – Flauwekul: BOGUS of FLWKL – Geef mij de schuld niet: DLTBOM – Geloof niet alles wat je hoort: DBEUH – Glimlach: S – Grijns van oor tot oor: E2EG – Het is maar dat je het weet: JSYK – Hij heeft het uitgemaakt: HHHU – Hou dit onder ons: KTP – Ik ben er vast van overtuigd: ISS – Ik schaam me dood: HHIS – Ik weet alles: KIA – Maak je niet zo druk: KYPO – Om te huilen: FCOL – Onder ons gezegd en gezwegen: BUAM of BYAM – Ruzie: RZY – Van iemand gehoord hebben, die het weer van een ander heeft: FOAF – Zeg niet dat je het van mij hebt: DQMOT

Wie is de mol?

Karin keek Marscha peilend aan. 'Heb je je mobieltje aan iemand anders uitgeleend?'

Woho, wat klonk ze streng. Alsof we niet in DST waren, maar in een verhoorkamer.

Marscha schudde haar hoofd. 'Ik heb hem vast weer ergens laten rondslingeren.'

'Weet je zeker dat hij niet in je jas zit?' vroeg Karin toch nog wantrouwig.

'Zal ik even fouilleren?' bood Said aan.

'Als je dat maar laat!' riepen Marscha en Karin tegelijk.

Ik hoorde Pierre achter zijn camera lachen.

'We kunnen ook gewoon even bellen.' Tim trok de telefoon uit Karins vingers en toetste Marscha's nummer in.

Heel in de verte klonk de ringtone van een nummer van Anouk.

'Het komt van de bar,' zei Marie-Fleur.

Marscha gaf Karin een duw. 'En dus niet uit mijn zak.'

We gingen op het geluid af.

'Yo, waar laat ik die schaal?' vroeg Said.

'Geef maar hier.' Een dikke dame met een mollig mopshondje op haar schoot stak gretig haar armen uit.

We vonden Marscha's telefoon achter de bar, naast een stapel bierviltjes.

'Zie je nou wel?' zei ze. 'Hij ligt gewoon voor de pak.'

Inderdaad. Ze had nog mazzel dat hij niet gejat was.

Karin nam meteen de rol van politie-inspectrice op zich. 'Dan gaan we een lijst met verdachten maken!'

Tim stond al klaar met een pen en een bierviltje. 'Wie weten er allemaal van de tasjesroof?'

'Iedereen die het plaatselijke krantje heeft gelezen.' Marscha zuchtte. 'Zelfs die grijze joggingbroek stond erin.'

'En het nummer van Said staat in je telefoonboekje,' zei ik sip.

'Dus het kan zo ongeveer heel DST geweest zijn.'

'Tja.' Tim stopte zijn pen weer weg. 'We kunnen moeilijk alle klanten gaan ondervragen.'

Marscha knielde naast Bertje, die op zijn vaste plekje lag. 'Heb jij de dader gezien?' Ze tuurde hem diep in de ogen, alsof ze zo zijn gedachten kon lezen.

Hij likte aan haar vingers en kwispelde.

'Je moet hem leren praten,' adviseerde Said. 'Eén keer blaffen is "ja" en twee keer betekent "nee".'

Marie-Fleur krabde aan haar enkel. 'Mijn neef is met zijn Duitse herder op cursus gewee...'

Een rubberen balletje suisde rakelings langs haar hoofd.

'Waaah!' gilde ze.

Het balletje landde naast Marscha en stuiterde weer omhoog. Bertje vloog eropaf, met zijn kaken wagenwijd open. Te laat! Marscha had het balletje al uit de lucht gegrist.

'Nou ja, zeg.' Marie-Fleur voelde geschrokken aan haar haren.

'Neem me niet kwalijk. Het was de bedoeling dat mijn hond hem zou vangen.' De eigenaar van het balletje liep naar Marscha. Hij had amper één voet achter de bar gezet, of Bertje begon vervaarlijk te blaffen.

'Stil!' zei Marscha streng en ze gaf het balletje aan de man.

Tim klopte Bertje bewonderend op zijn rug. 'Dat noem ik nou nog eens territoriumbewaking.'

Pierre draaide met zijn camera naar het tweetal.

Ik dacht aan een artikel in Glow. 'Straks begint Bertje ook nog achter de bar te piésen.'

Marie-Fleur staarde hem vol afgrijzen aan.

'Dat kan, hoor,' zei ik. 'Sommige dieren bakenen hun territorium met geursporen af.'

Marie-Fleur snoof meteen alsof haar leven ervan afhing.

'Verkouden?' Stanley zette een toren lege glazen naast de spoelbak.

Ik zette het kraantje voor hem aan. 'Ze controleert of Bertje heeft gewildplast.'

'Jakkes.' Stanley wees dreigend naar Bertje. 'Je waagt het niet, hoor. Zeker niet als ík bardienst heb.'

Bertje duwde zijn kop liefkozend tegen Stanleys been.

'Is hij niet poepig?' riep Marscha.

Stanley kneep zijn neus dicht. 'Nog erger!'

'Nou ja, hij bláft in elk geval niet tegen jou,' zei Kimberley.

Toen drong het pas tot me door. 'Bertje laat alleen mensen achter de bar die hij kent.'

We staarden allemaal naar Marscha's mobieltje.

'M-Maar dan...' stamelde Karin.

Ik knikte. '...heeft iemand van ons dat sms'je gestuurd.'

De spanning was ineens om te snijden.

'Er is een mol onder ons,' fluisterde Marie-Fleur. 'Net als in dat tv-programma.'

'Personeel!' Oom Rien hield zijn dienblad zo hoog in de lucht dat ik de transpiratievlekken in zijn oksels kon zien. 'Tien pilsjes,' zei hij tegen Stanley. 'En kan een van jullie op het terras komen helpen?' vroeg hij aan Marscha en mij.

'Ik!' riep Marscha meteen.

Ik begreep wel waarom. Dan kon ze Brian zien aankomen.

'Wacht!' Tim gooide haar het mobieltje met de blauwe strasssteentjes toe. 'Hou dat ding alsjeblieft bij je. Ik heb geen zin in nog meer haatsms'jes.'

Karin keek voor de zoveelste keer achterdochtig naar Marie-Fleur.

SNUFFELARTIKEL
VAN GLOW
Alles over geuren

Een neus voor jongens

Je ziet een waanzinnig knappe jongen in de disco en hij is ook nog superaardig. Hoe kan het dan dat je niet verliefd op hem wordt? Misschien heeft het te maken met zijn lichaams- geur. Iedereen heeft namelijk een eigen, verschillend luchtje (je kunt het vergelijken met een vingerafdruk). En mensen vinden elkaar nu eenmaal aantrek- kelijker als hun luchtjes matchen. Dit gaat volkomen onbewust. Dus je hoeft niet ineens iedere coole jongen te besnuf- felen!

Luchtalarm

Als een mannetjesdier het luchtje van een vrouwtje opsnuift, denkt hij maar aan één ding: vrijen! De geur van een loops teefje bijvoor- beeld, is onweerstaanbaar voor reuen. Gelukkig zijn jongens geen wilde dieren. Je vriend zal zich hoogstens even omdraaien als hij een ander meisje lekker vindt ruiken.

Het neusje van de zalm

De reukzin van dieren is veel beter ontwikkeld dan die van ons. Een slang kan zelfs met zijn tong ruiken en insecten gebruiken de anten- netjes op hun voorhoofd. Voor dieren zijn geuren dan ook van le- vensbelang. Wist je dat een mug al op honderd meter afstand men- senzweet kan herkennen? Een haai heeft vooral een neus voor bloed

114

en de zalm weet zijn oude geboorteplek (soms meer dan 1000 km ver weg!) terug te vinden door de geuren in het water.

Territorium

Je kat geeft je geen kopjes omdat hij je – aaah! – zo lief vindt, maar om zijn geur op je achter te laten (opgelet: dit baasje is van MIJ!). Leg je wel eens je jas op de stoel naast je, om aan te geven dat hij bezet is? Dieren kunnen hun velletje niet uittrekken, dus bakenen ze hun territorium met stinkende geurtjes af. Ze doen dat met uitwerpselen of urine, of ze verspreiden een klierafscheiding met hun poten of kop. Het werkt hetzelfde als onze heggen en hekken en grenzen: wegwezen, privéterrein!

De boss-and-doggy-day

Ik stond in de keuken en schepte de garnalensalade om en om. Mol, mol, dreunde het bij elke schep door mijn hoofd. Zou iemand van ons echt...

'Zo is het wel genoeg,' zei Safira. 'De klanten willen garnalencócktail, geen garnalenstamppot.'

'Oeps. Sorry.' Ik klopte de roze smurrie van de lepel en zette de schaal in de koeling.

Nee, het moest Daisy zijn! Ze had bruin haar én dat briefje aan Stanley geschreven.

Maar Bertje zou haar nooit achter de bar laten, dus dat sms'je...

'Hallo-ho! Waar zit je toch met je gedachten?' Safira drukte een bord met hotdogs in mijn handen. 'Vooruit, uitdelen. Straks zijn het cold-dogs.'

Haha, cold-dogs! Ik voelde me meteen een ietsepietsie beter.

'Brian is er!' gilde Marscha. Alsof ik blind was. (Hij stond náást haar!)

'Hoi.' Hij nam een hotdog van de stapel en voerde Haas een stukje worst.

Ik hoopte stiekem dat hij Marscha ook zou gaan voeren.

'We gaan van hond ruilen,' zei ze. 'Brian mag dadelijk mijn jas aan.'

Het was maar goed dat het een maatje XXL was!

Ik liep met het bord naar het terras, tussen de kwijlende honden door.

'Broodje, mevrouw?' vroeg ik aan een dame met een stijf permanentje. Aan haar voeten zat een poedel met net zulke stijve krulletjes. Ik werd misselijk van de haarlaklucht.

'Nee, dank je.' Ze kon praten zonder haar mond te bewegen. Jemig, studeerde ze soms voor wassen beeld?

'Moven, Fay,' klonk de stem van Tim achter me. 'Je staat voor mijn modellen.'

De slimmerik! Ik legde een hotdog voor hem neer. 'En wat schuift het?' vroeg ik met een blik op zijn schetsboek. Wauw, de dame en het hondje leken precies.

'Jou teken ik voor niks na,' antwoordde Tim.

Said liep langs en pikte een broodje van mijn bord. 'Poseer in je blootje, en je krijgt een cadeautje.'

Kimberley keek hem geschokt na. 'Die jongen is echt oversekst.'

'Pierre is nog tien keer erger,' zei Tim, met een knikje naar de camera.

Marie-Fleur deelde de stembiljetten uit en Karin potloden. Ze zeiden geen woord tegen elkaar. Daisy zat in een hoekje van het terras, met de tekkel op haar schoot.

Laat haar nu meteen de rode hond krijgen, wenste ik.

Said klom op het podium en deed 'tsjuu, tsjuu' in de microfoon. Toen stak hij zijn duim op en wenkte oom Rien.

Pierre wurmde zich met zijn camera langs me heen. Op zijn rug stond een pekinees met een denkwolkje boven zijn kop: *op zijn hondjes.*

Inderdaad, hij was erger.

'Willen de deelnemers aan de lookalike-contest zich bij de bar verzamelen?' galmde de stem van oom Rien door de luidsprekers. 'We starten over tien minuten.'

Brian had Marscha's jas aangetrokken.

'Wat is hij knap, hè?' fluisterde ze met een glazige blik.

Het was net een kinderjasje, de mouwen kwamen tot net over zijn ellebogen!

'Heel knap,' zei ik.

'Sorry?' vroeg Brian.

Bertje redde ons. Hij duwde zijn snuit tegen Brians heup.

'Jij ruikt natuurlijk hondenkoekjes.' Brians hand gleed onder zijn jas en kwam weer tevoorschijn. 'Hier. Eentje voor jou en eentje voor Haas.'

'Wacht!' riep Marscha. 'Dan zet ik jullie op de foto met mijn mobieltje.'

Ze maakte niet één foto, maar een complete reportage!

'En nu eentje met ons vieren, hè Briaaan?' Ze gaf me de telefoon.

'Say cheese.' Ik klikte. 'Klaar.'

Brian pakte Haas bij zijn riem. 'Ik laat hem nog even plassen, voordat hij het podium straks water gaat geven.'

Marscha lachte alsof hij de mop van de eeuw had verteld.

'Schééééétig,' verzuchtte Marscha bij elke foto. Ze kroop bijna ín haar mobieltje.

'Honden zijn altijd schetig,' zei ik.

'Ik bedoel Brian, hoor.' Ze zapte naar het volgende kiekje en haar ogen werden groot van schrik. 'Hoe kan dat nou? Moet je kijken, Fay.'

Het was de foto die ik had gemaakt.

'Mijn snor is terug,' kreunde Marscha. (Ze had hem bij de schoonheidsspecialiste elektrisch laten epileren.)

Het schermpje was zo klein dat ik amper haar mond kon zien!

'Je hébt geen snor,' zei ik. 'Dat dénk je alleen maar. Je ziet het gewoon niet goed door je blauwe lenzen.'

'Denk je?' Ze plukte nerveus aan haar bovenlip.

'Heb je dat artikel over eetstoornissen nog gelezen?'

De ergernis spatte meteen van haar gezicht. 'Wat heeft dat nou met mijn snor te maken?'

'Als je zo bang bent voor overtollige haargroei, mag je wel eens wat meer eten.' Ik greep haar pols om mijn woorden kracht bij te zetten. Hij was bijna zo dun als een bezemsteel! 'Heel magere meisjes krijgen spontaan haren op hun lichaam, tegen de kou.' 'Ja hoor.' Ze rukte zich los. 'Sssst, daar is Brian.'

Karin stond op het podium en maakte reclame voor de reality-soap. Stanley en ik zochten een plekje op de balustrade.
'Beetje meer naar links,' zei ik. 'Dan hebben we beter zicht.'
Zo, nu kon hij Daisy tenminste niet zien.
'Dus misschien komt u straks op tv, in *Peeping DST*!' schreeuwde Karin door de microfoon.
'En laat de eerste deelnemer nu maar op het podium komen!'
Het was de wassenbeeldendame. Said stak als een lieftallige assistent een bordje met een 1 omhoog.

**Problemen met je lijf,
je lover of je ouders?
Vraag Manja om raad!**
(Ook anonieme brieven
worden beantwoord)

Lieve Manja,
Weet jij waarom jongens zo vaak oversekst zijn?
Meisje

Lief Meisje,
Het lichaam van een jongen reageert zeer heftig bij het zien van
vrouwelijk schoon. Daar kan hij niks aan doen; de natuur heeft dat
van oudsher zo geregeld. (Mannen moesten voor het nageslacht zor-
gen, zodat we niet zouden uitsterven.) Jongens onder elkaar kunnen
zich nog steeds als holbewoners gedragen. Zodra ze toegeven dat ze
een meisje leuk vinden, lopen ze de kans dat ze door hun vrienden
worden gepest. Nee, dan scoren ze liever met spannende verhalen.
Ze bluffen en overdrijven (vooral op seksueel gebied) om cool en
sterk over te komen. Maar vergis je niet: onder die stoere laag kan
een klein hartje zitten! Als een jongen met een meisje alleen is, durft
hij meestal wel zijn gevoelige kant te laten zien.
Manja

Betrapt!

We gingen met de stembiljetten aan de achterkant van DST zitten. De keukendeur stond open. Safira leunde tegen het fornuis en controleerde elke drie seconden of er geen verdwaalde hond naar binnen kwam.

'Jij mag niet meetellen,' zei Marie-Fleur tegen Marscha. 'Anders kunnen de andere deelnemers zeggen dat er is gefraudeerd.'

'Hé, Marsch, doe je ook mee?' vroeg Karin meteen. 'Ik weet zeker dat jij je eigen stemmen eerlijk telt.'

Marscha probeerde in een opscheplepel te controleren of haar haren wel goed zaten. 'Ik kan beter oom Rien en Stanley gaan helpen. Het is hartstikke druk.'

Ik draaide me om. 'Het zít goed. Ga jij nou maar gauw naar je Brian.'

'Brian?' vroeg Marie-Fleur nieuwsgierig.

Karin snoof alsof dat een vreselijk domme opmerking was.

Tim had alle namen en nummers in zijn schetsboek geschreven. 'Kunnen we eindelijk beginnen met tellen?' Hij knikte naar Said. 'May I have your votes, please?'

We waren op de helft van de stemmen. Toen klonk er geroep en geblaf op het strand.

'Yo man.' Said keek opzij. 'Volgens mij vallen ze iemand aan.'

'Daar wil ik bij zijn!' Karin sprong enthousiast overeind.

Zij en Said liepen hand in hand weg.

'Ik ga ook even kijken.' Marie-Fleur stond op en klopte het zand van haar rokje.

'Mol onder het zand op het Strandtentenstrand,' rapte Said zachtjes.

Marie-Fleur trok haar schoenen met hakken uit en stampte op blote voeten achter hen aan. 'Wacht maar tot mijn vader dit hoort...'

Tim zuchtte van ergernis.

Ik boog me weer over de stapel biljetten. 'Stem voor Brian.'

Tim zette het twintigste streepje achter Brians naam.

'En?' vroeg ik.

Ze deden of ik onzichtbaar was. Karin en Said ploften naast me neer. Marie-Fleur ging ook zitten en peuterde het zand tussen haar tenen uit.

'Hallo-ho?' Ik begon al te denken dat ík nu de kwaaie peer was.

'Een paar honden,' zei Karin eindelijk.

Marie-Fleur trok haar schoenen aan. 'Ze vochten.'

'Niks om je druk over te maken.' Said gaf me een klopje op mijn knie.

Wat waren ze ineens meelevend en eensgezind!

'Gehersenspoeld,' zei ik tegen Tim.

'Hmmm.' Hij telde de streepjes in zijn schetsboek. 'En de winnaar is... Brian.'

Marscha kwam de keuken in.

'Brian en Bertje hebben gewonnen!' riep ik.

'Bitterballen,' zei ze tegen Safira.

Ik werd meteen helemaal wiebelig.

'Troost-eten?' Safira liet er een stuk of tien in het frituurvet zakken.

'Om het te vieren, natuurlijk!' Ik danste op Marscha af en vloog om haar hals.

Ze reageerde heel koeltjes, zo raar.

'Ging het niet goed met Brian?' vroeg ik ongerust.

Ze zweeg even, met een blik op de camera. 'Met Brian wél.'

Waarom klonk ze dan niet blij?

'Hou jij Haas even vast?' vroeg Marscha met een blik op het po-
dium, waar Brian en Bertje harig en trots stonden te zijn. 'Dan
kan ik voor rondemiss spelen.'
Ik wikkelde de riem stevig om mijn pols. 'Ga maar gauw, voor-
dat Karin of Marie-Fleur...'
Ze was al weg.
'Met stip op de eerste plaats!' riep Karin door de microfoon.
'Brian en Bertje!' schreeuwde Marie-Fleur.
Marscha kwam op met een bos bloemen, die ze snel achter de
bar vandaan had gehaald. Ze kuste Brian op zijn rechterwang,
op zijn linkerwang en...
'Zoenen, zoenen!' riep iemand op het terras.
Toen kuste ze Brian vol op zijn mond!
Zóóóóó! dacht ik, want het was er weer eentje waar je stil van
werd.
Karin tikte Marscha op haar schouder. 'Dan zouden we nu
graag de prijs overhandigen.'
Said hield een pak hondenkoekjes omhoog. 'Maar ik ga Brian
echt niet zoenen, hoor.'
Er golfde een bulderende lach over het terras.
Woef! deed Bertje.
Ik gluurde langs het podium naar de stoel waarop Daisy had ge-
zeten. Yes! Ze was weg.

Een halfuur na sluitingstijd waren alle klanten naar huis. Alleen Brian kon maar geen afscheid van Marscha nemen. Ze
stonden op de trap (hij drie treden lager) en waren zo ongeveer
aan de honderdste zoen bezig. Haas en Bertje vonden het wel
best, zolang ze maar koekjes kregen.
Safira niet. 'De keuken wordt niet vanzelf schoon,' mopperde ze
tegen Marscha.
Toen riep Brian Haas bij zich en vertrok. Met de halflege zak
hondenkoekjes onder zijn arm en zijn hoofd achterstevoren op

zijn nek zodat hij Marscha nog zo lang mogelijk kon nakijken. Het is maar goed dat er geen lantaarnpalen op het strand staan, dacht ik.

Zodra Tim en Said het podium hadden afgebroken, kletste Stanley een emmer water over het terras. 'Geslaagde dag, hè?'

Marscha keek hem heel raar aan. Alsof ze hem wel aan het spit kon rijgen.

'Ik moet je spreken.' Ze stak haar arm door die van mij en trok me mee. 'Slecht nieuws.'

Er plopte een bal in mijn maag. 'Wat dan?'

Ze knikte naar Pierre met zijn camera. 'Wc's,' zei ze.

Ze legde het deksel op een van de wc-potten. 'Je kunt beter even gaan zitten.'

Dat zeiden politieagenten op tv ook altijd! Vóórdat ze gingen vertellen dat er iemand vermoord of verongelukt was.

'Tammy?' Ik liet me op het deksel zakken. De bal in mijn buik stond op klappen.

'Nee.' Marscha haalde haar mobieltje tevoorschijn. 'Stanley.'

Pfff, die veegde in elk geval nog springlevend het terras.

Marscha drukte op een knopje en tuurde naar het schermpje.

Het was natuurlijk weer zo'n akelig sms'je. Met Stanleys naam eronder! Daarom had Marscha zo kwaad naar hem gekeken.

'Stanley is onschuldig, hoor!' riep ik. 'Het is gewoon weer een gemene streek van die mol.'

Ze gaf me de telefoon. 'Niet schrikken.'

Niet schrikken?

Zodra ik naar de foto op het schermpje keek, schrok ik me kapot. Het bloed trok uit mijn wangen en mijn hand trilde als een opgevoerde elektrische tandenborstel.

Die trut van een Daisy stond op de foto, samen met Stanley. Haar armen lagen als wurgslangen rond zijn nek!

GLOWS EERSTE HULP BIJ EX-LIEFJES

Je hebt vet verkering en alles gaat fantastisch. Er is maar één minpuntje: zijn ex-vriendin. Jíj zou haar het liefst uitgummen, maar híj wil graag vrienden met haar blijven. Wat nu?

Don't

Ga je vriend niet aan zijn kop zeuren met vragen over zijn vorige verkering. Het kan pijnlijk zijn om te horen dat hij het met haar ook leuk heeft gehad. Voor je het weet, stel je jezelf de ergste dingen voor: dat ze zo lekker konden zoenen, dat hij misschien haar borsten heeft gezien. Daar word je alleen maar jaloers en onzeker van!

Do

Prent het volgende in je hoofd: hij heeft het niet voor niets uitgemaakt met haar. Hij heeft voor jou gekozen omdat hij jou de allerleukste vindt! Dus waarom zou je je eigenlijk druk maken?

Don't

Laat je niet verleiden tot kleutergedrag. Als je zijn ex-vriendin expres negeert of sarcastische opmerkingen tegen haar maakt, ben jíj degene die zielig overkomt. (En niet zij!) Over haar roddelen tegen je vriend lucht misschien wel op, maar je loopt grote kans dat hij juist het gevoel krijgt dat hij haar moet verdedigen. Gevolg: jij en hij krijgen ruzie!

Do

Behandel zijn ex-liefje normaal. Je hoeft geen dikke vriendinnen met haar te worden, maar je kunt op zijn minst beleefd blijven. Daarmee laat je zien hoe volwassen je al bent en scoor je juist punten bij je vriend.

Maar...

Je kunt je vriend niet verbieden om nog om te gaan met zijn ex-vriendin. (Hoewel het altijd goed is om na het beëindigen van een relatie de eerste maanden even afstand te nemen.) We leven in een vrij land. (Jij zou toch ook niet willen dat híj bepaalt met wie jij optrekt?) Maar er zijn grenzen! Staat ze nog elke dag bij hem op de stoep? Overlaadt ze hem nog steeds met sms'jes en brieven? Is ze er altijd bij als jullie iets leuks gaan doen? Staat haar foto nog naast zijn bed en hangen haar kaarten nog steeds op zijn prikbord? Dan is het hoog tijd voor een goed gesprek met je vriend.

Wonderoma

Het was alsof ik betonblokken in plaats van voeten had. Ik moest me naar het terras toe slépen. Gelukkig hield Marscha me stevig vast en kneep de hele tijd bemoedigend in mijn schouder. Dat hielp, een beetje.

Stanley trok de dweil met een stok over de planken vloer. Ik kon alleen zijn rug zien, en dus niet zijn gezicht. Dat hielp eveneens.

Marscha knikte naar me. 'Zeg nou.'

Ik moest eerst een hele prullenbak vol proppen wegslikken.

'Stanley.' Mijn stem leek niet op die van mij. Net als toen in het promotiefilmpje.

Zodra hij zich omdraaide, zonk de moed me in de schoenen. 'Ik...'

'Ja?' Hij blies het ponyhaar uit zijn ogen en deed zijn scheve lachje.

Slik. Ik keek vlug naar het schermpje van Marscha's mobieltje en dat hielp heel, heel erg.

'Ik maak het uit.' Mijn arm leek radiografisch bestuurd. Ik zag hem omhooggaan en voor ik het besefte, had ik de telefoon in Stanleys vochtige hand gestopt.

'Maar...' Hij liet de stok vallen.

'Ga jij nou maar lekker naar Daisy.' Zonder hem nog één blik te gunnen, ging ik naar binnen en knalde zo ongeveer boven op Pierre. 'En rot jij ook maar op met je camera.' Ik duwde hem met paardenkracht opzij.

'Rustig aan, mop,' mompelde hij.

'Ik ben je mop niet.' Als een zombie liep ik verder.

'Ik kan het uitleggen!' riep Stanley vanuit de deuropening. Zijn stem schoot alle kanten op.

Niet naar zijn smoesjes luisteren. Oren uitzetten. Ik wandelde langs de bar, naar de deur met het patrijspoortje.

'Ben je daar eindelijk?' vroeg Safira.

Ik wandelde en wandelde. De keuken door, naar buiten. De wereld was net zo wazig als mijn hersens en mijn benen deden pijn van al dat gewandel. Omdat ze de hele tijd al wilden rennen, natuurlijk. Heel ver van Stanley vandaan.

'Fay?' hoorde ik Marscha roepen.

Nu even niet.

Ik holde de hele weg naar de boulevard.

Ik had mijn fiets tegen de zijmuur gesmeten en denderde door de achterdeur naar binnen.

'Ook goeiendag,' zei mijn moeder.

Slechtedag. Slechter dan slechter dan slechter. Ik liep meteen door naar boven.

'Wil je niet eerst eten?' riep mijn moeder onder aan de trap.

Ik wilde nooit meer eten. Ik zou nog magerder worden dan Marscha. Mezelf doodhongeren, zodat Stanley zich de rest van zijn leven schuldig kon voelen.

Ik smeet de deur van mijn slaapkamer dicht, trapte mijn schoenen uit en kroop in mijn bed.

Een voorzichtig klopje. 'Fay?'

Ik gromde in mijn kussen. Laat me met rust! betekende dat.

De deur ging op een kier en mijn moeder keek bezorgd om het hoekje. Zodra ze me onder mijn donsdek zag liggen, kwam ze helemáál binnen. 'Lieverd toch. Ben je ziek?'

Het klonk zooo lief. De tranen die al die tijd tegen de achterkant van mijn ogen hadden gedrukt, knalden er in één klap uit.

Ze kwam op de rand van het bed zitten en streelde mijn haren. 'Ruzie met Stanley,' snikte ik. 'Het is ui-huit.'

Ze aaide en aaide, net zolang tot ik rustig werd.

'Hij is gek,' zei ze toen. 'Je bent een lot uit de loterij.'

128

Ik trok een zakdoek onder mijn kussen vandaan en snoot mijn neus. 'Ik heb het zélf uitgemaakt.'

Mijn moeders gezicht werd één groot vraagteken.

'Dan kun je het nog wel erg vinden, hoor,' zei ik.

Mijn moeder wist pas echt hoe de kietelmethode werkte! Ze bracht mijn eten naar boven (roomservice) en ik at in mijn pyjama op bed. Als ik door mijn oogharen gluurde, leek mijn kamer bijna op een luxe suite in een hotel.

Tot Evi op mijn deur roffelde. 'Fay! Telefoon!'

'Ik ben er niet.'

'Dus wel.'

'Ik wil met niemand praten.'

'Ook niet met Stanley?' vroeg ze ongelovig.

Juist niet met Stanley! 'Nee-hee!'

'Dan niet.' Mompelend ging ze de trap weer af.

Het leek wel spitsuur. Ik had mijn bord nog niet leeg, of Marscha kwam binnen.

'Ik wilde meteen komen, maar Safira...' hijgde ze. 'Gaat het een beetje? Je was zo ineens weg.'

'Ik wil hem nooit meer zien.' Ik zette het bord met een klap op mijn nachtkastje.

'Dan zal oom Rien hem moeten ontslaan,' zei Marscha nuchter.

Shit! Daar had ik nog niet eens bij stilgestaan!

Marscha's tas begon te zingen. Ze ritste het voorvak open en haalde haar mobiel tevoorschijn.

'Zal mijn moeder wel zijn, die wil natuurlijk weten waar...' Ze tuurde met een frons naar het schermpje. 'Stanley.'

Mijn maag zat meteen zo ongeveer in mijn keel. 'Niet zeggen dat je bij mij bent.'

'Ja?' vroeg ze met de telefoon tegen haar oor gedrukt. 'Hmmm.'

Ik hoorde Stanley praten, maar ik kon niet verstaan wat hij zei.

'Ze wil je niet spreken,' zei Marscha. 'En ook niet zien, trouwens.'

Ik plukte zenuwachtig aan mijn dekbed. Die 'ze' dat was ik.

'Ik denk inderdaad niet dat het nog goed komt, tenzij er een wonder gebeurt.' Marscha keek naar mijn plukkende vingers. 'En nu ga ik je hangen. Doei.'

Ze mikte de telefoon terug in haar tas.

'Waarom belde hij jou?' vroeg ik. Niet dat het mij interesseerde!

'Hij heeft eerst tien keer naar hier gebeld. Toen heeft je moeder waarschijnlijk de telefoon uitgezet.'

Slimme moeder!

Ik bleef de hele avond op mijn kamer. Tammy zat op mijn schouder en knabbelde aan mijn oor. Ze was de beste troostrat die er bestond. Kon ze ook maar helpen met schrijven. Ik verfrommelde de zoveelste *Lieve Manja*-brief en schoot hem door de kamer.

Toen klonk mijn moeders stem op de overloop. 'Fay, bezoek voor je.'

Het was tien uur!

'Tammy is los!' waarschuwde ik.

'Haar rat,' hoorde ik mijn moeder uitleggen. 'Ik ben als de dood voor dat beest.'

'Ach, zolang het geen leeuw is.' Het was de stem van een volwassen vrouw.

Als het Boomsma maar niet was! (Onze lerares Nederlands.)

Maar er stapte heel iemand anders naar binnen.

Ik staarde niet al te intelligent naar de kleine forse vrouw. 'Wie... wat?'

Ze liep naar mijn bed alsof ze de bus moest halen en stak haar hand uit. 'Roosje, de oma van Stanley.'

In míjn slaapkamer? Ik droomde, zeker weten!

Dus niet. Haar handdruk was zo stevig dat ik mezelf niet meer hoefde te knijpen.

'Mag ik?' vroeg ze, met een gebaar naar mijn bureaustoel.

Ik knikte stom.

'Mijn kleinzoon is ten einde raad,' zei ze. 'Dus kom ik maar eens even met je praten.'

Ik zag alles ineens door háár ogen. De proppen op de grond. Mijn pyjama, waar ook nog eens een jusvlek opzat. Jemig, wat zou ze wel denken? Voortaan zou ik in mijn mooiste kleren naar bed gaan. Mét mascara.

Meteen werd ik boos op mezelf. Hallo-ho, wat kon mij het schelen? Het was toch zeker over en uit!

'Stanley was wel degelijk op mijn verjaardag.' Ze rommelde in haar handtas.

Ging ze soms foto's als bewijsstukken laten zien? Ik haatte foto's!

Maar ze haalde een doekje tevoorschijn en poetste in sneltreinvaart haar bril. 'Tot één uur 's nachts en zónder dat meisje Daisy.'

Ik dacht aan wurgslangen.

'En vanmiddag wilde hij alleen maar helpen.' Ze zette haar bril weer op. 'Er waren een paar honden aan het vechten en die heeft hij uit elkaar gehaald.'

Die herrie op het strand, dacht ik. Toen we stemmen zaten te tellen.

'Hij was zo vriendelijk om de tekkel van dat meisje te redden. Uit dankbaarheid vloog ze hem om zijn hals.' Stanleys oma sloeg haar armen over elkaar. 'En dat was dat.'

En dat was dat???

'Hij had haar ook weg kunnen duwen!' riep ik verontwaardigd. De foto stond op mijn netvlies gegrift. 'En hij keek er ook niet bij alsof hij het erg vond.'

'Tja, ik heb nogal een beleefde kleinzoon. Bovendien besefte hij amper wat hem overkwam.'

131

Haar ogen priemden door haar brillenglazen. 'Maar hij koestert alleen maar warme gevoelens voor jou.'

Koestert warme gevoelens… Ik vond het mooi plechtig klinken.

Ze keek op haar horloge. 'Zullen we dan maar?'

Ik kon haar even niet volgen.

'Daisy de waarheid vertellen,' zei ze ongeduldig. 'Zodat ze jullie nooit meer lastigvalt.' Ze stond op en liep naar de deur. 'Stanley zit al in de auto te wachten.'

Ik had het gevoel dat ik in een slapstick meespeelde. 'Mijn pyjama…'

'Daar hebben we geen tijd meer voor.' Ze duwde de klink al naar beneden. 'Trek er maar een jas over aan. Stanley vindt je toch wel prachtig.'

**Problemen met je lijf,
je lover of je ouders?
Vraag Manja om raad!**
(Ook anonieme brieven
worden beantwoord)

Lieve Manja,
Mijn vriend heeft iets heeeel liefs voor me gedaan. Weet jij een leuke
manier om hem te bedanken?
Tijgerslofje

Lief Tijgerslofje,
Verras hem met een date die helemaal in zijn straatje past. Houdt hij
van voetbal? Regel dan kaartjes en ga samen met hem naar de wed-
strijd. (Ja, ook als jij voetbal haat. Hij zal je gebaar alleen maar des
te meer waarderen.) Of nodig hem uit voor een romantisch etentje
bij je thuis. (Je kookt natuurlijk zelf en maakt zijn lievelingseten,
zodat hij zich heel speciaal voelt.) Is hij een natuurfreak? Stippel een
mooie wandelroute voor jullie uit en neem een rugzak vol lekkere
dingetjes mee. Zodra jullie op een mooi stil plekje komen, zorg jij
voor een fantastische picknick. Is hij meer into the music? Dan is een
leuk optreden in de buurt dé manier om hem te bedanken.
Succes met de voorbereidingen en veel plezier samen!
Manja

Laptop

Toen ik in de auto stapte, glimlachte Stanley zo breed dat zijn gezicht bijna in tweeën spleet.

'Geen moederskindje maar een oma-kindje,' fluisterde ik.

'Ik ben inderdaad dol op mijn oma,' zei hij. 'Ik zou niet weten wat ik zonder haar moest.'

Dat vond ik zoooo lief!

Stanley en ik stonden voor de deur van Daisy's huis. Zijn oma bleef in de auto zitten, die ze onder een lantaarnpaal had geparkeerd. Ik zag haar hoofd op en neer knikken. Waarschijnlijk op de muziek van Abba, want die had ze de hele weg gedraaid.

'Daar gaat-ie dan.' Stanley drukte op de bel.

Daisy deed zelf open.

'Dit is Fay.' Stanley pakte mijn hand vast. 'Mijn vriendin.'

Daisy staarde naar mijn pyjamabroek en tijgersloffen. Ik kon wel door de grond gaan!

'Ik wil niet dat je me ooit nog een briefje stuurt of me om mijn nek vliegt,' zei Stanley. 'Ik wil je toch niet terug. Ik ben gek op Fay.'

Een heuse liefdesverklaring bij maanlicht! Zonder tijgersloffen was het bijna romantisch geweest.

Daisy's mond vormde een rondje.

'Dus je laat ons voortaan met rust.' Stanley gaf me een knikje en trok me mee.

We waren halverwege het tuinpad, toen Daisy ons nariep: 'Dat briefje was mijn idee niet!'

Stanley en ik bleven staan.

'Dat meisje heeft me overgehaald.' Daisy's stem botste tegen de huizen. 'Voor een rolletje in de soap.'

Ik keek om. 'Welk meisje?'

Ze haalde haar schouders op. 'Met dat bruine haar.'

Net als de bezorgster van het dreigbriefje over sterallures!

'Heette ze soms Kim...' begon ik.

Daisy had de deur al dichtgeslagen.

Nou ja, ik kon toch niet meer verder praten. Stanleys lippen zaten als zuignappen op de mijne geplakt.

De volgende ochtend zaten we met zijn allen op het terras van DST. Pierre leunde met de camera op zijn schouder tegen de balustrade. Bertje lag op zijn rug en Marscha kroelde door zijn borsthaar.

'Ik wil ook wel zo'n massage,' zei Stanley tegen mij, terwijl hij zijn arm om me heensloeg.

'Is het weer aan?' Karin viel bijna van haar stoel van verbazing.

Ik knikte. 'Het was allemaal een misverstand.'

Ze gaapten me aan alsof ik het slachtoffer was van een verkeersongeluk. Behalve Marscha. Haar had ik natuurlijk al in geuren en kleuren over Stanleys wonderoma verteld.

Oom Rien bracht koffie en thee en koekjes. Marscha nam er twee!

'Je eet weer,' zei ik opgelucht.

'Ik lijn nooit meer,' fluisterde ze. 'Brian vindt me net een junk omdat ik zo mager ben.'

Hij had een uur met haar staan zoenen!

'Heeft hij dat gezegd?' vroeg ik ongelovig.

'Niet tegen mij, tegen...' Ze knikte naar Kimberley, die met Marie-Fleur smoesde.

Zie je wel! Ik hield mijn hoofd een beetje schuin en spitste mijn oren.

'Tuurlijk heb jij dat sms'je niet gestuurd,' hoorde ik Kimberley zeggen. 'Misschien heeft Stanley het zelf wel gedaan. Of Karin. Om jou verdacht te maken.'

Marie-Fleur pakte Kimberleys hand vast. 'Ik ben zo blij dat je mij gelooft.'

Ik kreeg dringend behoefte aan een teiltje.

'Zo, Kimberley,' zei ik hard. 'Dus jij weet wie de mol is?'

Ze ging weer op de verlegen toer en sloeg haar poppenogen neer. 'Ik? Nee, hoor.'

'Daisy beweert dat het iemand met bruin haar is.' Ik staarde nadrukkelijk naar Kimberleys hoofd.

'D-Daisy heeft zelf bruin haar,' stamelde Kimberley. 'En jij en Karin.'

'En Bertje,' zei Marscha.

'Ik niet.' Marie-Fleur voelde aan haar kapsel. Ze had haar blonde haren vandaag met duizend speldjes opgestoken.

Karin keek haar spottend aan. 'Misschien had je wel een pruik op.'

'Daar is Brian!' Marscha sprong overeind en ging meteen weer zitten.

Tims wenkbrauwen gingen omhoog.

'Ik wil niet al te gretig overkomen,' zei Marscha. 'Daar houden jongens niet van.'

Stanley blies in mijn oor. 'Ik wel, hoor.'

Hmpf, deed Marie-Fleur. 'Straks ziet Brian het toch op tv.'

'Je knipt het eruit,' zei Marscha met een waarschuwend vingertje tegen Pierre.

En toen kreeg ik een idee.

Tien minuten later stond ik met Stanley in de voorraadkast.

'Goed plekje.' Hij trok me tegen zich aan en zijn mond kwam dichterbij.

'Niet zoenen. Zoeken!' Ik duwde hem zachtjes weg. 'De laptop van Pierre. Hij zet hem altijd in de voorraadkast.'

Stanley veegde zijn ponyhaar opzij en keek me suffig aan.

'Ik wil zien wat hij gefilmd heeft,' zei ik ongeduldig.

De laptop lag op de bovenste plank. Ik gebruikte het krat met flessen frisdrank als tafeltje en ging er op mijn knieën voor zitten. Laptop openmaken. Aanzetten.

'Kunnen we dat wel maken?' vroeg Stanley onrustig.

Ik hoorde hem amper en staarde teleurgesteld naar het beeldscherm. *Wachtwoord* stond er in vetgedrukte letters.

Stanley hurkte achter me. 'Dat gaat dus nooit lukken.'

Het moest lukken! Ik kraakte mijn hersens. Pierres geboortedatum? Maar die kende ik niet. In elk geval iets persoonlijks. De naam van een huisdier of zijn vrouw of kinderen, als hij die had. Of van zijn assistente!

Ik tikte *Kimberley* in het hokje. Mijn zweterige vingers bleven aan de toetsen plakken.

Wachtwoord geweigerd.

'Shiiit.'

Stanley legde zijn handen op mijn schouders. 'Fay, lieverd…'

Lieverd! Pierre zei nooit lieverd, maar…

'Moppie!' schreeuwde ik.

Ik typte de letters in en probeerde intussen de computer te hypnotiseren: laat het kloppen, alsjeblieft, alsjeblieft.

Yes! De laptop begon te praten!

'Wojo,' zei Stanley.

Tv-serie van de maand

PEEPING DST
Realitysoap aan zee

Ben je verslaafd aan soaps,
dan mag je deze nieuwe serie
niet missen! Drie weken lang
werd het wel en wee van drie
stoere jongens en vier mooie
meiden gefilmd. Locatie: een strandtent. Ingrediënten: liefde, spanning en avontuur. Niks nieuws onder de zon, zul je denken. Maar in
deze realitysoap is niets wat het lijkt. De vriendschap tussen de jongeren wordt zwaar onder druk gezet. Met/zonder happy ending? Gewoon zelf kijken!

Glows oordeel: *****

Pieping DST

Ik spoelde de film versneld door, tot Kimberley op de monitor verscheen.

'Wat zoek je nou?' vroeg Stanley.

Ik voelde mijn mond openzakken. 'Dat is de straat waar ik woon.'

'We zijn nu bijna bij het huis van Toverfay,' zei Kimberley. 'Ze heeft er nog geen idee van dat ze dadelijk deze brief gaat ontvangen.'

Het beeld verplaatste zich naar het papier in haar handen. *Pas maar op dat je geen sterallures krijgt, want anders...*

'Huh?' deed Stanley.

'Hoe zal ze reageren?' vroeg Kimberley. 'Denkt u dat ze iemand van de cast beschuldigt? Of roept ze de hulp van Smurfin Marscha in?'

'Wat doen jullie toch zo lang in de voorraadkast?' klonk Safira's stem plotseling achter ons.

Ik had de deur niet open horen gaan en mepte van schrik bijna de laptop van het krat.

'Bioscoopje pikken,' zei Stanley.

'Sms of mail nu uw antwoord en maak kans op deze fantastische dvd-speler,' vervolgde Kimberley.

Safira fronste haar wenkbrauwen. 'Ik wist niet dat er een quizelement in de soap zat.'

'Er zit nog veel meer in, wat we niet wisten.' Alle puzzelstukjes in mijn hoofd vielen op hun plaats. 'Weet je nog, die middag met Xavier? Hij vertelde dat we geen tekst hoefden te leren omdat we gewoon onszelf speelden. En toen Marie-Fleur vroeg of het dan niet saai werd, zei hij...'

Stanley herhaalde de woorden die Xavier had gezegd, op precies zo'n geheimzinnig toontje: 'Laat dat maar aan mij en Pierre over.'
Ik knikte. 'Hoezo realitysoap? Alles is geregisseerd!'
Stanley maakte snuffende geluiden. 'Kan het zijn dat er iets aanbrandt?'
'De bitterballen!' Safira stoof weg.

Stanley ging als eerste Marscha halen. Ze stapte binnen met een schaaltje héél donkere bitterballen. Brian volgde haar als een hondje. Hij moest zich zo ongeveer dubbelvouwen, anders paste hij niet in de kast.
'Wat moet jij met de laptop van Pierre?' Marscha's ogen rolden bijna uit haar kassen.
'Dat ben jij!' riep Brian enthousiast. Hij staarde gebiologeerd naar Marscha's gezicht op het computerscherm.
Kimberley kwam langs de zijkant in beeld. 'Ik weet niet of ik het je moet vertellen maar...'
Ze pakte meelevend Marscha's arm vast. 'Brian heeft gezegd dat hij je net een junk vindt lijken omdat je zo mager bent en...'
'Dat heb ik nooit gezegd!' Brians hoofd ging met een ruk omhoog en raakte een blik hotdog worstjes zodat de hele stapel gevaarlijk begonnen te wiebelen.
Marscha keek naar de bitterbal in haar hand en legde hem weer op het bord.
'Je gaat niet weer lijnen, hoor,' zei ik ongerust.
'Lijnen?' Brian durfde zich niet meer te bewegen. 'Je bent al zo dun.'
Pfff, Marscha klemde de bitterbal weer tussen haar duim en wijsvinger.
Ik gebaarde naar het scherm. 'Het staat allemaal op film. De roddels en de ruzies, het is allemaal in scène gezet.'
'Maar waarom?' vroeg Brian, die langzamerhand wel een stijve nek moest krijgen.

'Die lui doen alles voor hoge kijkcijfers.' Ik deed de stem uit het promotiefilmpje na: 'Een realitysoap vol spanning, liefde en avontuur.'

'Kimberley en Pierre willen spanning en avontuur?' Marscha likte haar vette vingers af. 'Oké, dan gaan wij ze een knallende slotaflevering bezorgen!'

Iedereen van de cast kwam op audiëntie in de voorraadkast. Om de beurt, want Kimberley en Pierre mochten niets merken. Nog niet.

Karin wilde ze het liefst allebei meteen vermoorden.

Marie-Fleur viel bijna flauw. 'Als mijn vader dit hoort…'

Maar zodra ik Marscha's plan had uitgelegd, grijnsden ze één voor één tevreden.

Na sluitingstijd was het zover.

'Iedereen keukencorvee!' riep Safira met de stem van een leger-officier.

We hadden nog nooit zo snel gehoorzaamd. Marscha ging met Bertje en Haas voorop en Pierre met zijn camera sloot de rij.

'Ik dacht dat Safira geen honden in de keuken wilde.' Kimberley knipperde zenuwachtig met haar grote ogen, alsof ze voelde dat er iets ging gebeuren.

We stapten zwijgend naar binnen. De deur met het patrijs-poortje viel met een zuchtje achter ons dicht.

'Brian,' zei Marscha, en toen ging alles heel snel.

Brian was niet alleen breed maar ook berensterk. Zijn handen (formaat honkbalhandschoenen) gingen bliksemsnel naar de ca-mera. Tim stond al klaar om hem aan te pakken. Voordat Pierre besefte wat er gebeurde, stond hij hulpeloos met zijn armen op zijn rug en zaten Brians vingers als handboeien rond zijn polsen.

'Doe even normaal!' Kimberley had niets popperigs meer en stapte op Tim af.

'Bertje!' riep Marscha.

'Haas!' riep Brian.

Ze gingen meteen voor Kimberley staan. Met stramme poten en hun koppen omhoog. Ze trokken allebei hun bovenlip op en gromden dreigend.

Kimberley deed vlug een stapje achteruit.

Tim ook, maar die deed het om beter te kunnen filmen.

Ik haalde de laptop uit de voorraadkast.

'Dit is zeker een geintje?' Pierre lachte, maar op zijn voorhoofd verschenen zweetdruppeltjes.

Ik hield de laptop boven het frituurvet.

'Gek, wat doe je nou?' schreeuwde Kimberley.

'Het laatste uur van een soap vol spanning en avontuur,' rapte Said.

'*Peeping DST* in de frituur.' Karin smakte met haar lippen.

Marie-Fleur glimlachte in de camera. 'Hoe denkt u dat de crew zal reageren? Sms of mail uw antwoord en maak kans op een gratis maaltijd in DST.'

'De heetste strandtent van het noorden!' riep Marscha.

'Oké, oké, we hebben de boodschap begrepen,' piepte Pierre nerveus.

Pieping DST, dacht ik.

Brian liet Pierre weer los, maar hij bleef wel als een waakhond naast hem staan.

'Ik heb anders nog geen excuses gehoord,' zei Safira streng.

Oom Rien knikte. 'Jullie hebben die jongelui veel te veel onder druk gezet. In míjn strandtent, nota bene.'

Pierre bleef maar naar zijn laptop turen. 'Alsjeblieft, haal dat ding daar weg.'

'Excuses?' Safira hield haar hand voor haar oor.

'Het was Xaviers idee.' Kimberleys stem sloeg over. 'Wij deden gewoon ons werk.'

'Laat hem nog maar een eindje zakken, Fay,' adviseerde Stanley.

'Sorry!' zei Pierre vlug.

'Het spijt me, nou goed?' mompelde Kimberley.

'Was dat nou zo moeilijk?' Safira knikte goedkeurend.

Ik legde de laptop op het aanrecht. 'Staat het erop?' vroeg ik aan Tim.

'Yep.' Hij zoomde in op de gezichten van Pierre en Kimberley. 'De spetterende ontknoping van *Peeping DST*.'

'Dat kun je niet uitzenden,' mompelde Kimberley tegen Pierre. 'We komen belachelijk over.'

'Weet je ook eens hoe dat voelt,' zei Karin wraakzuchtig.

'Trouwens, jullie moeten wel.' Marie-Fleur draaide aan haar ring. 'Anders sponsort mijn vader mooi niks.'

Marscha aaide Bertje. 'En jullie wilden toch spanning en avontuur?'

'Nou ja...' Pierre zuchtte verslagen en keek naar Kimberley. 'Het zorgt in elk geval voor hoge kijkcijfers, moppie.'

'Cut,' zei Kimberley. (Volgens mij met een 'k' en niet met een 'c'.)

Maar Tim zette toch de camera uit.

Wil je meer avonturen lezen van Fay en Marscha?
Lees dan ook de andere delen:

Aflevering 1:
Over blozende wangen, bitterballen met mosterd,
een aangebrande jongen en nog veel meer hete dingen

Aflevering 2:
Over jeugdpuistjes, aardbeien, de nieuwe seizoenkracht en nog
veel meer pukkelige dingen